LE CHIEN
LE TUNNEL
LA PANNE

FRIEDRICH DÜRRENMATT

LE CHIEN
LE TUNNEL
LA PANNE

Traduit de l'allemand par
Walter Weideli et
Armel Guerne

Postface de
Wilfred Schiltknecht

BIFACE
ÉDITIONS ZOÉ

LA COLLECTION BIFACE,
série français-allemand,
est dirigée par
Wilfred Schiltknecht

*Nous remercions
la Fondation Oertli
d'avoir accordé son aide
à la publication de ce livre*

Titre original : Der Hund, Der Tunnel, Die Panne
© Diogenes Verlag, Zurich, pour l'édition originale
© Albin Michel, Paris, pour l'édition française
© Editions Zoé, 11, rue des Moraines,
CH-1227 Carouge-Genève,
pour la présente édition et pour la postface
Couverture : Cosette Decroux
Illustration : Walter Jonas, *Le jeune Dürrenmatt*, 1944
(droits de reproduction, Diogenes)
ISBN 2-88182-210-X
*Achevé d'imprimer sur les presses de
l'Imprimerie Slatkine à Genève
en septembre mil neuf cent quatre-vingt-quatorze*

TABLE

Le chien	7
Le tunnel	15
La panne	27
Annexe : première version du «Tunnel» (fin)	97
Postface de Wilfred Schiltknecht	99
Légendes des illustrations	107

LE CHIEN

traduit par Walter Weideli

Quelques jours à peine après mon arrivée dans la ville, je découvris sur la petite place devant l'hôtel de ville quelques personnes assemblées autour d'un homme en guenilles qui lisait à voix haute des passages de la Bible. Je ne m'aperçus que plus tard du chien qui l'accompagnait, couché à ses pieds, m'étonnant qu'un animal si gigantesque et terrifiant n'eût pas attiré tout de suite mon attention, car son poil était très noir et lisse, couvert de sueur. Ses yeux étaient jaune soufre, et comme il ouvrait sa gueule immense, je remarquai avec effroi des crocs de même couleur, et son aspect était tel que je n'eusse pu le comparer à aucun des êtres vivants. Je ne supportai pas davantage la vue de ce puissant animal et reportai mon regard sur le prédicateur, vieillard trapu dont les habits pendaient en loques, bien que la peau luisant entre les déchirures fût propre, comme l'étaient d'ailleurs indiscutablement les lambeaux qui l'habillaient. Sa Bible, par ailleurs, paraissait d'un grand prix : de l'or et des diamants étincelaient sur sa reliure. La voix de l'homme était calme et ferme. Ses paroles se distinguaient par une clarté exceptionnelle, qui donnait à son discours une allure efficace et simple. Je remarquai d'ailleurs qu'il n'employait jamais de métaphores. Il commentait paisiblement, sans fanatisme, la Bible, et si ses propos ne parvenaient pas néanmoins à convaincre, on ne pouvait en imputer la faute qu'à la présence du chien, immobile à ses pieds et fixant l'auditoire de ses yeux jaunes. Aussi bien ce fut la singulière association du prédicateur et de sa bête qui me fascina d'abord, m'induisant à repartir sans cesse à la recherche de l'homme. Il prêchait chaque jour sur les places de la ville et dans ses rues, et pourtant il n'était pas facile de le retrouver, encore qu'il exerçât son activité tard dans la nuit, mais la ville vous égarait, si simple et claire que fût sa disposition. Il était par ailleurs probable qu'il quittait son logis à des heures très diverses et que ses déplacements n'obéissaient à aucun plan : aucune règle ne se dégageait de ses apparitions. Tantôt il parlait sans s'interrompre toute une journée sur la même place, tantôt il changeait au contraire de lieu tous les quarts d'heure. Mais toujours son chien l'accompagnait, marchant à ses côtés, immense et noir, et se laissant lourdement tomber à terre chaque fois que son maître commençait à prêcher. Il n'avait jamais beaucoup d'auditeurs et restait le plus souvent tout seul, mais j'avais remarqué que cela ne le troublait aucunement et que, loin de quitter la place, il poursuivait son discours. Souvent je le voyais s'arrêter dans une petite ruelle pour prier à haute voix, tandis que non loin de là les passants continuaient de circuler dans une ruelle plus large sans s'occuper de lui. N'ayant trouvé de méthode sûre pour le dépister, et me voyant réduit à me confier au hasard, j'essayai de savoir où il logeait, mais ne rencontrai personne qui pût me renseigner. Je résolus donc de le suivre pendant toute une journée, mais dus m'y reprendre plusieurs jours de suite car chaque fois je l'avais perdu de vue vers le soir, étant trop occupé à me cacher de lui, de crainte qu'il ne soupçonnât mes intentions. Bientôt, cependant, je le vis enfin entrer, tard un soir, dans une maison d'un quartier qui n'était habité, je le savais, que par les gens les plus riches de la ville, ce qui ne manqua d'ailleurs de me surprendre. A

LE CHIEN

partir de ce moment, je modifiai mon comportement à son égard. Je renonçai à me cacher pour me tenir toujours à sa proximité, de sorte qu'il fut bien obligé de me voir, sans que cela parût toutefois le déranger, contrairement à son chien, qui se mettait à gronder chaque fois qu'il me voyait approcher. Plusieurs semaines passèrent de la sorte. Quand, vers la fin de l'été, un soir qu'il avait achevé son explication de l'Evangile selon saint Jean, il s'avança vers moi et me pria de le raccompagner chez lui. Il ne prononça pas un mot de plus durant tout le trajet et quand nous parvînmes devant sa maison il faisait déjà si sombre qu'on avait allumé les lampes dans la grande pièce où je fus prié d'entrer. L'appartement se trouvait en contrebas de la rue, de sorte qu'ayant passé la porte nous eûmes à descendre quelques marches, et je ne pus voir les murs, tant ils étaient tapissés de livres. Sous la lampe, il y avait une simple table de sapin, devant laquelle une jeune fille lisait debout. Elle portait une robe bleu foncé. Elle ne se retourna pas à notre arrivée. Sous l'un des deux soupiraux cachés par des rideaux se trouvait un matelas ; et contre le mur d'en face, un lit ; et à côté de la table, deux chaises. Près de la porte il y avait un poêle. Mais comme nous nous avancions vers la jeune fille, elle se retourna d'un coup et je découvris son visage. Elle me tendit la main et me désigna une chaise. Je m'aperçus alors que l'homme était déjà couché sur le matelas. Mais le chien, lui, s'était allongé à ses pieds.

«C'est mon père», dit la jeune fille, «il dort déjà et ne nous entend pas parler, et le grand chien noir n'a pas de nom, il est arrivé tout simplement un soir, quand mon père commençait à prêcher. Nous n'avions pas fermé la porte à clef, il n'a eu qu'à soulever le loquet avec la patte et à entrer.» Je restai comme étourdi devant la jeune fille et lui demandai à voix basse d'où venait son père. «C'était un homme riche qui avait beaucoup de fabriques», dit-elle en baissant les yeux. «Il a quitté ma mère et mes frères pour annoncer la vérité aux hommes.»

«Tu crois donc que c'est la vérité que ton père annonce ?» demandai-je. «C'est la vérité», dit la jeune fille. «J'ai toujours su que c'est la vérité, c'est pourquoi je suis allée avec lui dans cette cave où j'habite avec lui. Mais je ne savais pas qu'il y aurait aussi ce chien qui viendrait quand on annonce la vérité.» La jeune fille se tut et me regarda comme si elle avait une prière à faire qu'elle n'osait exprimer. «Alors chasse-le, ce chien», lui répondis-je, mais la jeune fille hocha la tête. «Il n'a pas de nom, il ne partirait pas», dit-elle doucement. Voyant ma perplexité, elle s'assit sur l'une des deux chaises à côté de la table. Il ne me restait qu'à faire de même. «Tu as donc peur de cet animal ?» demandai-je. «J'ai toujours eu peur de lui», répondit-elle, «et l'an dernier, quand ma mère est venue avec un avocat et mes frères pour ramener mon père et moi-même à la maison, eux aussi ont eu peur de notre chien sans nom, et lui il s'est planté devant mon père et il grognait. Et quand je suis couchée, la nuit, j'ai peur aussi, oui spécialement la nuit, mais maintenant tout va changer. Tu es enfin venu, et je me moque du chien. J'ai toujours su que tu viendrais. Evidemment je ne savais pas de quoi tu aurais l'air, mais je savais que mon père te ramènerait un soir quand la lampe est allumée et qu'il y a moins de bruit dans la rue, et que tu fêterais tes noces avec moi, dans cette chambre à moitié sous la terre, dans mon lit, parmi tous ces livres. Ainsi, nous serons couchés l'un contre l'autre, homme et femme, et en face, sur le matelas, il y aura le père, dans la nuit comme un enfant, et le grand chien veillera sur notre pauvre amour.»

Comment pourrais-je oublier notre amour ! Les fenêtres dessinaient d'étroits rectangles horizontaux, elles flottaient quelque part dans l'espace, au-dessus de notre nudité. Nous étions couchés corps à corps, inlassables à sombrer l'un dans

LE CHIEN

l'autre, toujours plus âpres à nous étreindre, et les rumeurs de la rue se mêlaient au cri éperdu de nos plaisirs, tantôt titubations d'ivrogne ou trottinement doux de prostituée, une fois même piétinement interminable et monotone d'une colonne de soldats défilant, aussitôt relayé par un cliquetis clair de sabots de cheval, un roulement amorti de roues. Nous étions couchés, elle et moi, sous la terre, enrobés de sa chaude obscurité, n'ayant plus peur de rien, et dans le coin où l'homme dormait sur son matelas, muet comme un mort, les deux yeux jaunes du chien nous fixaient comme des disques de lunes sulfureuses à l'affût de notre amour.

Nous vîmes grandir ainsi un automne incandescent, jaune et rouge, que l'hiver cette année-là ne suivit que fort tard, et sans les froids aventureux des années précédentes. Jamais, cependant, je ne réussis à la tirer de sa cave, que ce fût pour lui présenter mes amis, ou l'emmener au théâtre (où se préparaient des événements décisifs), ou me promener avec elle dans les forêts crépusculaires qui se déploient sur les collines ondoyantes qui cernent la ville. Jour après jour, elle restait assise à la table de sapin, jusqu'à l'heure où le père rentrait avec le chien, jusqu'à l'instant où elle m'attirait dans son lit à la clarté jaune de la fenêtre au-dessus de nos corps. Aux approches du printemps toutefois, alors qu'il y avait encore de la neige dans les rues, sale, mouillée, atteignant le mètre aux endroits mal ensoleillés, la jeune fille vint frapper à ma porte. Le soleil traversait obliquement la fenêtre. L'après-midi touchait à sa fin, et je venais de jeter quelques bûches dans le poêle quand elle parut, pâle et tremblante, et transie sans doute car elle était venue sans manteau, telle que je l'avais toujours vue, en robe bleu foncé. Ses souliers seuls avaient changé, ils étaient rouges et doublés de fourrure. «Tu dois tuer le chien», dit-elle sur le seuil de ma chambre, hors d'haleine et les cheveux défaits, les yeux béants, et si fantomatique

LE CHIEN

était son apparition que je n'osai la toucher. J'allai à mon armoire et en sortis mon revolver. «Je savais qu'un jour tu me le demanderais», lui dis-je, «et c'est pourquoi j'ai acheté une arme. Quand cela devra-t-il se faire ?» — «Maintenant», répondit doucement la jeune fille. «Père aussi a peur de cette bête. Il en a toujours eu peur, maintenant je le sais.» Je vérifiai l'arme et passai mon manteau. «Ils sont à la cave», dit la jeune fille en baissant les yeux. «Père est couché sur le matelas, il y reste toute la journée sans bouger, tellement il a peur ; il n'ose même plus prier, et le chien reste couché devant la porte.»

Nous descendîmes en direction du fleuve, puis traversâmes le pont en pierre. Le ciel était d'un rouge sombre menaçant, comme lors d'un incendie. Le soleil venait de se coucher. La ville était plus animée que d'ordinaire, pleine de gens et de voitures qui semblaient se déplacer au fond d'un océan de sang car dans leurs vitres et sur leurs murs, les maisons reflétaient les lueurs du couchant. Nous fendions la foule. Nous courions au milieu d'une circulation toujours plus dense, à travers des colonnes d'automobiles qui freinaient et d'omnibus qui tanguaient, pareils à des monstres aux yeux méchants et ternes, tandis que défilaient sous nos yeux des policiers à casque gris et à gesticulation furieuse. Je fonçais si résolument devant moi que j'en oubliai la jeune fille, et c'est finalement seul que je remontai la ruelle, haletant, le manteau grand ouvert, courant vers un crépuscule toujours plus violacé, toujours plus écrasant... pour arriver trop tard. Car à l'instant où bondissant jusqu'à la cave j'en enfonçais d'un coup de pied la porte, mon arme à la main, je n'eus que le temps de voir disparaître, dans un fracas de vitres brisées, l'ombre immense du terrible animal, alors qu'à terre, masse blanchâtre au milieu d'une flaque noire, je découvrais l'homme. Déchiqueté par le chien à tel point qu'il était devenu méconnaissable.

LE CHIEN

Et comme je m'appuyais tout tremblant au mur, enfoncé dans les livres, des hurlements de voiture, au-dehors, s'approchèrent. Quelqu'un parut avec une civière. Je vis confusément un médecin se pencher sur le mort et des visages pâles de policiers armés jusqu'aux dents. Puis il y eut des gens partout. J'appelai la jeune fille. Je descendis la ville en courant, par le pont, jusqu'à ma chambre : elle n'y était pas. Je la cherchai désespérément, sans relâche et sans me nourrir. On fit appel à la police et même, si forte était la peur du molosse, aux soldats de la caserne, qui se mirent à battre les forêts en formant de vastes chaînes. Des canots remontèrent le fleuve jaune sale, et l'on sonda ses eaux avec de longues perches. Et, comme le printemps revenait avec ses averses tièdes se succédant par vagues immensurables, on explora les cavités des carrières en lançant des appels et brandissant des torches. On descendit dans les canalisations et fouilla les combles de la cathédrale. Mais la jeune fille ne fut pas retrouvée et le chien ne se montra plus.

Au bout de trois jours, tard la nuit, je regagnai ma chambre. Epuisé, désespéré, je m'étais jeté tout habillé sur mon lit, quand j'entendis des pas en bas dans la rue. Je courus à la fenêtre, l'ouvris, et me penchai au-dehors. La rue, à mes pieds, formait un ruban noir, tout humide encore d'une pluie qui n'avait cessé qu'à minuit, où les lampes projetaient des lueurs fuyantes de flambeaux dorés, tandis que sur le trottoir d'en face, le long des arbres, je voyais s'avancer la jeune fille, dans sa robe sombre, en souliers rouges, auréolée de sa longue chevelure toute bleutée par les reflets de la nuit. Et, marchant à coté d'elle telle une ombre ténébreuse, doux et muet comme un agneau, le chien aux yeux jaunes, ronds, luisants.

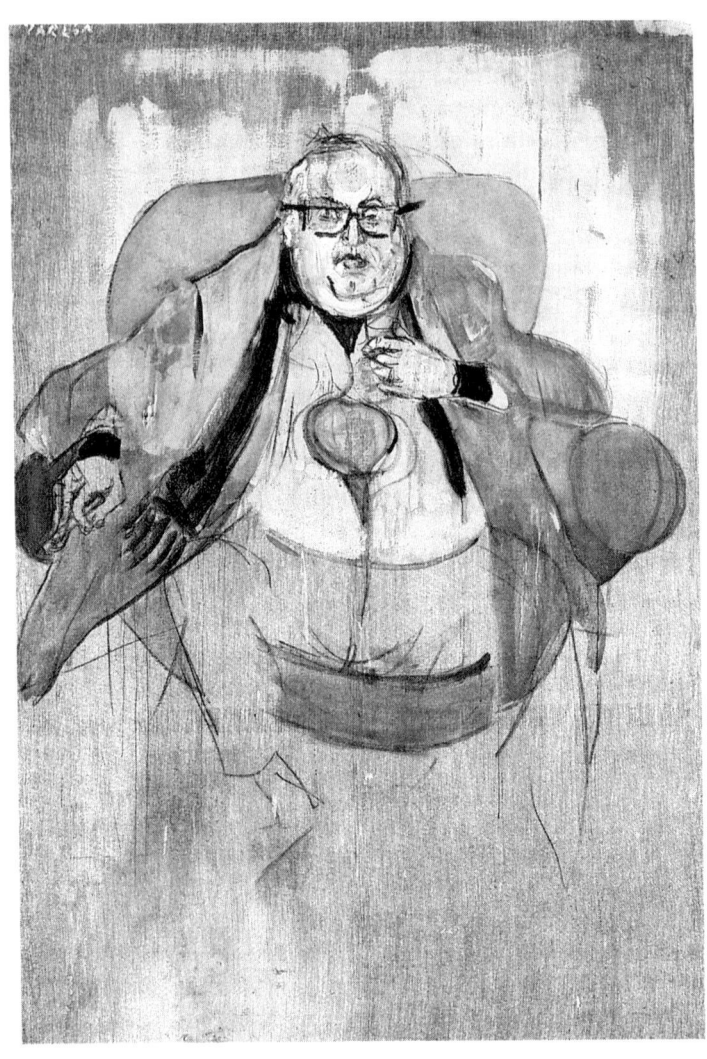

LE TUNNEL

traduit par Walter Weideli

Un jeune homme de vingt-quatre ans, gras comme s'il avait voulu tenir à distance les horreurs qu'il voyait se dérouler dans les coulisses (il avait ce don, et c'était peut-être le seul), aimant à boucher, puisque c'est bien par là que l'abominable risquait de l'envahir, les ouvertures de son corps au point de fumer le cigare (Ormond Brasil 10) et de porter une seconde paire de lunettes sur la première, des lunettes de soleil, et des tampons d'ouate dans les oreilles : ce jeune homme encore dépendant de ses parents, occupé à de nébuleuses études dans une université qu'on pouvait atteindre en deux heures de chemin de fer, monta un certain dimanche après-midi dans l'express habituel, départ dix-sept heures cinquante, arrivée dix-neuf heures vingt-sept, pour pouvoir assister le lendemain à un séminaire qu'il avait déjà résolu de sauter. Le soleil brillait dans un ciel sans nuages quand il partit de sa ville natale. C'était l'été. Par ce temps agréable, il ne restait au train qu'à rouler entre les Alpes et le Jura en passant devant des villages cossus et de petites villes, puis le long d'un fleuve, et, un peu moins de vingt minutes plus tard, tout de suite après Burgdorf, il s'enfonça comme prévu dans un petit tunnel. L'express était archiplein. Le jeune homme était monté dans une voiture de tête, puis s'était frayé à grand peine un passage vers l'arrière, en suant et donnant de lui-même une image légèrement abrutie. Les voyageurs étaient serrés, certains même assis sur des valises ; les compartiments de seconde classe étaient eux aussi bondés, ceux de première seuls étaient faiblement occupés. Lorsque le jeune homme se fut enfin taillé un passage dans cet embrouillamini de familles, de recrues, d'étudiants et d'amoureux, projeté tantôt contre l'un, tantôt contre l'autre, titubant et roulant entre des ventres et des poitrines, il trouva enfin de la place dans le dernier wagon, et même tellement que, dans ces troisièmes classes où les voitures à compartiments sont généralement si rares, il eut une banquette pour lui seul. En face de lui, dans ce compartiment fermé, un homme encore plus gros jouait aux échecs, seul, tandis qu'à l'autre angle, du côté du couloir, une jeune fille à cheveux roux lisait un roman. Le jeune homme venait donc de s'installer près de la vitre et d'allumer un Ormond Brasil 10, quand arriva le tunnel, qui lui parut plus long que d'habitude. Il avait déjà fait souvent ce trajet, presque chaque samedi et dimanche depuis un an, et il n'avait jamais vraiment remarqué ce tunnel, mais tout au plus senti passer. Il avait certes essayé quelquefois de lui prêter toute son attention, mais chaque fois que le tunnel arrivait, lui-même pensait à autre chose, si bien qu'il ne s'apercevait même pas de cette brève immersion dans la nuit, car à l'instant où il levait les yeux, résolu à en tenir compte, le tunnel avait déjà passé, si rapide était le train et si court le petit tunnel. Et comme il n'y songeait pas plus cette fois que d'habitude, il n'avait pas ôté ses lunettes de soleil à l'instant d'y entrer. Le soleil, juste avant, avait encore brillé de toutes ses forces, et le paysage qu'ils traversaient, les collines et les bois, la chaîne du Jura plus au loin et les maisons de la petite ville, tout avait semblé comme de l'or tellement cela reluisait dans la lumière du soir, oui tellement qu'il prenait maintenant conscience de l'obscurité subitement apparue du tunnel et que pour la même raison sans doute sa traversée lui semblait cette fois plus longue qu'il n'avait cru. L'obscurité, dans le compartiment, était totale car vu la brièveté du tunnel on avait renoncé à faire fonctionner les lampes, et d'ailleurs un premier pâle reflet de jour allait se montrer d'une seconde à l'autre dans la vitre ; il s'étendrait à la vitesse de l'éclair, envahissant brusquement tout d'une clarté vive, dorée ; mais comme l'obscurité durait toujours, il ôta ses lunettes de soleil. Au même instant la jeune fille alluma une cigarette, manifestement agacée de ne pouvoir continuer sa lecture, à ce qu'il crut du moins deviner durant le bref éclair rougeâtre lancé par l'allumette ; le cadran lumineux de sa montre-bracelet indiquait six heures dix. Il se cala dans son coin, entre la cloison du compartiment et la vitre, et se mit à réfléchir à ses vagues études, auxquelles personne d'ailleurs ne croyait vraiment, au séminaire qui l'attendait le lendemain mais auquel il n'irait pas (tout ce qu'il entreprenait n'était qu'un subterfuge, derrière la façade de ses actes se cachait un besoin d'ordre, non pas de l'ordre en soi, mais d'un semblant d'ordre face à l'horreur dont il essayait de se protéger en se rembourrant de graisse, en se fourrant des cigares dans la bouche, des tampons dans les oreilles), et, comme il regardait de nouveau le cadran lumineux, il vit qu'il était six heures et quart, et qu'on était toujours dans le tunnel. C'était troublant. Les ampoules électriques venaient certes de s'allumer, la lumière était revenue, la jeune fille avait pu reprendre la lecture de son roman, le gros monsieur son jeu d'échecs solitaire, mais dehors, de l'autre côté de cette vitre où se reflétait maintenant tout le compartiment, c'était toujours le tunnel. Il sortit dans le couloir, où un homme de haute taille en imperméable clair faisait les cent pas, un foulard noir autour du cou. Quelle drôle d'idée par un temps pareil, pensa-t-il, et il jeta un coup d'œil dans les autres compartiments du wagon, où on lisait son journal ou causait ensemble. Il retourna s'as-

LE TUNNEL

seoir dans son coin : on allait sortir du tunnel d'un instant, d'une seconde à l'autre ; la montre-bracelet marquait presque vingt ; comment avait-il pu être si peu attentif jusqu'alors à ce tunnel : voilà un quart d'heure qu'il durait ; en tenant compte de la vitesse du train, ce devait être un tunnel important, un des plus longs tunnels de Suisse. Il était donc probable qu'il s'était trompé de train, même si à première vue il n'avait pas souvenir qu'il y eût un tunnel aussi long et aussi important à vingt minutes de chemin de fer de sa ville natale. C'est pourquoi il demanda au gros joueur d'échecs si l'on était bien dans le train de Zurich, ce que l'autre confirma. Mais comme le jeune homme remarquait encore qu'il n'y avait jamais eu, à sa connaissance, de tunnel aussi long à cet endroit du trajet, le joueur d'échecs répondit, non sans agacement de se voir dérangé pour la seconde fois dans la méditation d'un coup particulièrement difficile, qu'en Suisse les tunnels étaient ma foi nombreux, extrêmement nombreux, que c'était même frappant pour quelqu'un qui voyageait comme lui pour la première fois dans ce pays, et qu'il avait lu d'ailleurs dans un annuaire statistique qu'aucun pays au monde ne possédait autant de tunnels que la Suisse. Cela dit il s'excusait, il était vraiment affreusement navré mais, ayant de gros problèmes avec la défense Nimzowitsch, il ne pouvait plus être distrait. Le joueur d'échecs avait eu un ton courtois, mais ferme ; le jeune homme comprit qu'il n'y avait pas de réponse à espérer de ce côté-là. Il fut donc heureux de voir paraître enfin le contrôleur. Il était convaincu que son billet lui serait refusé ; aussi quand le contrôleur, un homme pâle, maigre, fit remarquer à la jeune fille après lui avoir pris son billet, non sans nervosité semblait-il, qu'elle aurait à changer de train à Olten, le jeune homme ne perdit pas encore tout espoir, si grande était sa conviction de s'être trompé de train. Sans ôter l'Ormond Brasil 10 de sa bouche, il se déclara donc prêt à payer un supplément, puisque c'est à Zurich qu'il aurait dû se rendre, et tendit son billet au contrôleur. «Monsieur, dit celui-ci après l'avoir examiné, vous êtes dans le bon train.» «Mais nous traversons un tunnel!» s'écria le jeune homme d'un ton agacé et réellement énergique, car il était bien décidé à tirer au clair cette ténébreuse affaire. La réponse du contrôleur fut qu'on venait de passer Herzogenbuchsee et qu'on approchait de Langenthal, oui c'est bien ça, il était six heures vingt. «Mais nous roulons depuis vingt minutes dans un tunnel!» insista le jeune homme. Le contrôleur le regarda d'un air perplexe. «C'est le train de Zurich», dit-il en levant à son tour les yeux vers la vitre. Et il répéta : «Six heures vingt», avec cette fois, semblait-il, une légère inquiétude. «Nous serons bientôt à Olten, arrivée dix-huit heures trente-sept. Il y aura eu du mauvais temps tout à coup, d'où cette obscurité, un ouragan peut-être, eh oui c'est sûrement ça.» «Sottises», s'écria l'homme qui avait des problèmes avec la défense Nimzowitsch en se mêlant soudain à la conversation, agacé de tendre depuis un bon moment son billet sans que le contrôleur y prît garde. «Sottises, nous traversons un tunnel, on voit le rocher, c'est probablement du granit. La Suisse bat le record du monde en tunnels, je l'ai lu dans un annuaire statistique.» Le contrôleur, tout en se décidant à poinçonner enfin le billet du joueur d'échecs, assura derechef, d'une voix presque implorante, que l'on allait à Zurich, sur quoi le jeune homme exigea de parler au chef de train. Le contrôleur répondit qu'il se trouvait à l'avant du train, qu'on allait de toute façon à Zurich, qu'il était exactement six heures vingt-cinq et que dans douze minutes, conformément à l'horaire d'été, on arriverait à Olten, que lui-même faisait cette ligne trois fois par semaine. Le jeune homme se mit en chemin. Marcher dans ce train bondé lui parut encore plus difficile qu'à l'aller ; le train devait rouler à une vitesse extrême ; le bruit qu'il provoquait de ce fait était d'ailleurs épouvantable ; il préféra donc remettre les tampons d'ouate qu'il avait enlevés de ses oreilles en montant dans le train. Les gens qu'il croisait avaient l'air très calmes ; cet express ne se distinguait en rien de l'express qu'il avait toujours pris le dimanche après-midi, il ne voyait personne qui eût pu passer pour inquiet. Dans une voiture à compartiment de deuxième classe, un Anglais se tenait debout devant une fenêtre du couloir et tapotait d'un air épanoui la vitre avec sa pipe. «Simplon», dit-il. Au wagon-restaurant aussi, tout était comme d'habitude, à cela près qu'il n'y avait plus une place de libre et que le tunnel, normalement, aurait dû frapper l'un ou l'autre des voyageurs, ou du moins le personnel qui servait des escalopes viennoises et du riz. C'est en sortant du wagon-restaurant que le jeune homme trouva le chef de train, qu'il reconnut à sa sacoche rouge. «Vous désirez ?» demanda le chef de train qui était un homme grand, calme, avec une moustache noire spécialement soignée et des lunettes sans bords. «Nous sommes dans un tunnel depuis vingt-cinq minutes», dit le jeune homme. Mais au lieu de regarder par la fenêtre comme il s'y attendait, le chef de train se tourna vers le garçon. «Donnez-moi une boîte d'Ormond Brasil 10», dit-il, «je fume les mêmes cigares que monsieur» ; mais comme le garçon ne pouvait le satisfaire, vu qu'on ne tenait pas cette marque, le jeune homme, tout heureux d'avoir trouvé un prétexte d'engager la conversation, offrit un Brasil au chef de train. «Merci», dit ce dernier, «je n'aurai guère le temps de m'en procurer à Olten, vous me rendez donc un grand service. Fumer, c'est important. Puis-je vous prier de me suivre ?» Il conduisit le jeune homme dans le fourgon qui précédait le wagon-restaurant. «Après ça il n'y a plus que la locomotive», dit le chef de train en y entrant, «nous sommes en tête du train». Une faible ampoule jaune éclairait le fourgon dont la plus grande partie se perdait dans le vague. Les portes latérales étaient fermées, on ne voyait l'obscurité du tunnel qu'à travers la grille d'un petit guichet. Il y avait là des valises, dont plusieurs avec des étiquettes d'hôtels, quelques vélos, une poussette. Le chef de train suspendit sa sacoche rouge à un crochet. «Que désirez-vous ?» demanda-t-il derechef, mais, au lieu de regarder le jeune homme, il se mit à remplir des tableaux dans un cahier qu'il avait sorti de la sacoche. «Nous sommes dans un tunnel depuis Burgdorf», répondit le jeune homme d'un ton décidé, «il n'y a pas de tunnel aussi formidable sur cette ligne, je la fais deux fois par semaine dans les deux sens, je la connais». Le chef de train continua d'écrire. «Monsieur», dit-il enfin en s'approchant tellement du jeune homme que leurs corps se touchèrent presque, «monsieur j'ai peu de choses à vous dire. Comment nous avons pu arriver dans ce tunnel, je n'en sais rien, je n'ai aucune explication. Mais j'attire votre attention sur un point : nous roulons sur des rails, donc ce tunnel doit conduire quelque part. Rien ne prouve qu'il y ait quelque chose d'anormal à ce tunnel, sauf évidemment le fait qu'il ne s'arrête plus». Le chef de train, son cigare toujours éteint à la bouche, avait parlé à voix très basse, mais avec une telle dignité et une articulation si nette et décidée que ses paroles avaient été tout à fait compréhensibles même si le tumulte était beaucoup plus fort dans ce fourgon que dans le wagon-restaurant. «Dans ce cas je vous demande d'arrêter le train», dit le jeune homme très énervé. «Je ne comprends pas un mot de ce que vous dites. S'il y a une anomalie dans ce tunnel que vous n'êtes même pas capable d'expliquer, c'est votre devoir d'arrêter le train.» «Arrêter le train ?» demanda doucement l'autre : certes, il y avait déjà pensé, et, refermant le cahier, il le remit dans la sacoche qui se balançait au crochet, puis alluma soigneusement son Ormond Brasil 10. «Je tire le signal d'alarme ?» demanda le jeune homme, mais comme il tendait déjà le bras vers la poignée suspendue sur sa tête, il fut subitement projeté vers l'avant avec une violence telle qu'il heurta la paroi. Il vit dévaler sur lui la poussette, des valises, et le chef de train traverser lui aussi d'un pas curieusement zigzagant le fourgon, les deux mains en avant. «Nous dégringolons», cria le chef de train, collé près du jeune homme à la paroi du wagon. Mais le choc attendu ne se produisit pas, il n'y eut pas cet écrasement d'un train sur un rocher, cet éclatement, cet emboîtement de wagons les uns dans les autres : le tunnel, au contraire, semblait avoir retrouvé son horizontale. A l'autre bout du wagon, une porte s'ouvrit. Dans la clarté du wagon-restaurant on vit une seconde des personnes qui trinquaient, puis la porte se referma. «Venez dans la locomotive», dit le chef de train en fixant le jeune homme d'un air pensif et même, à ce qu'il sembla soudain, curieusement menaçant, puis il ouvrit la porte près de laquelle ils étaient appuyés. Mais une véritable bourrasque d'air chaud les contraignit à regagner en titubant la paroi, tandis qu'un vacarme épouvantable remplissait le fourgon. «Il nous faut grimper sur la motrice», hurla le chef de train, la bouche collée à l'oreille du jeune homme et néanmoins presque inaudible, sur quoi il disparut dans le rectangle de la porte, où l'on voyait ballotter en tous sens les fenêtres violemment éclairées de la locomotive. Le jeune homme l'imita résolument, tout en ne voyant pas très bien à quoi pouvait rimer cette escalade. Il se retrouva sur une plate-forme munie de chaque côté d'une rambarde de fer à laquelle il se cramponna. Le plus terrible n'était cependant pas ce formidable courant d'air qui d'ailleurs devenait déjà plus supportable à mesure qu'il s'avançait vers la locomotive, mais bien cette proximité immédiate des parois du tunnel, qu'il ne pouvait voir certes puisqu'il devait se concentrer sur la motrice, mais qu'il devinait, le corps tout vibrant de la trépidation des roues et des sifflements de l'air, au point qu'il eut tout à coup l'impression de foncer à la vitesse d'une comète dans un univers pétrifié. La locomotive était longée d'un étroit rebord que l'on avait équipé, en guise de garde-fou, d'une barre de fer qui épousait parallèlement les flancs de la motrice : c'est par là sans doute qu'il fallait passer ; il estimait à un mètre le saut qu'il s'agissait maintenant d'oser. Il réussit à s'accrocher à la barre. Collé à la locomotive, il se mit à s'avancer le long du rebord ; mais où l'aventure devint proprement terrifiante c'est lorsqu'il eut atteint la paroi latérale de la motrice, et qu'il fut exposé à la pleine fureur de l'ouragan et aux aspérités menaçantes du tunnel qu'il voyait foncer sur lui à la lueur de la locomotive. Il ne dut son salut qu'au fait que le chef de train le tira par une petite porte vers l'intérieur de la motrice. A bout de force, il s'appuya contre une paroi du compartiment des machines où il y eut un soudain silence, car le chef de train avait refermé la porte et le blindage d'acier de la gigantesque locomotive étouffait le vacarme au point de le rendre presque imperceptible. «Et avec ça on a perdu notre Ormond Brasil», dit le chef de train. «Ce n'était pas malin de l'allumer avant une pareille expédition, mais ils sont tellement longs qu'ils cassent facilement, à moins d'avoir une boîte sur soi.» Après une épreuve aussi scabreuse que celle du tunnel, le jeune homme fut heureux de cette diversion qui lui rappelait la banalité quotidienne qu'il avait encore connue une demi-heure plus tôt, ce retour immuable des mêmes jours et des mêmes années toujours semblables (toujours semblables parce qu'il n'avait vécu que pour cet instant qui venait d'arriver, cet instant d'effraction où la terre s'était brusquement entrouverte pour l'engloutir dans ses entrailles fabuleuses). Il sortit un des paquets bruns qu'il avait dans la poche droite de son veston, offrit un nouveau cigare au chef de train, en mit un autre dans sa propre bouche et aida soigneusement le chef de train à les allumer. «J'apprécie beaucoup les Brasil», dit ce dernier, «à condition qu'ils tirent bien, sans quoi ils s'éteignent», paroles qui éveillèrent la méfiance du jeune homme parce qu'il venait de sentir que le chef de train craignait lui aussi de penser à ce

tunnel qui, là dehors, n'en finissait toujours pas (mais pouvait encore s'arrêter d'une seconde à l'autre, comme s'arrête un rêve). «Dix-huit heures quarante», dit-il en regardant sa montre à cadran lumineux, «mais nous devrions être à Olten !» et ce disant il eut la vision de ces collines et forêts couvertes d'or si peu de temps avant au déclin du soleil. Ils restèrent un moment à fumer, adossés à la paroi du compartiment des machines. «Je m'appelle Keller», dit le chef de train en tirant sur son cigare. Le jeune homme ne capitula pas. «Cette expédition sur la locomotive c'était plutôt dangereux», remarqua-t-il, «en tout cas pour moi qui ne suis pas habitué à ce genre de choses, j'aimerais savoir pourquoi vous m'avez fait venir ici». Keller répondit qu'il n'en savait rien, qu'il avait simplement voulu se donner le temps de réfléchir. «Le temps de réfléchir», répéta le jeune homme de vingt-quatre ans. Oui, c'était bien ça, et sur cette réponse le chef de train se remit à fumer. «Nous pouvons d'ailleurs aller dans la cabine du mécanicien», proposa Keller tout en continuant de s'appuyer d'un air indécis contre la paroi de protection des machines, tandis que le jeune homme se faufilait le long du couloir. Mais quand ce dernier eut ouvert la cabine du mécanicien, il resta planté sur place. «Vide», dit-il au chef de train qui venait de le rejoindre, «le poste du mécanicien est vide». Ils entrèrent dans la cabine, ballottés par la vitesse effroyable de la locomotive qui, suivie de son convoi, continuait de foncer dans le tunnel. «Vous permettez», dit le chef de train. Il abaissa plusieurs manettes, tira le frein de secours : la machine refusa d'obéir. Keller assura qu'ils avaient tout essayé pour l'arrêter dès l'instant où ils s'étaient aperçus d'une anomalie, mais que la locomotive avait continué de foncer. «Elle risque de foncer longtemps», dit le jeune homme en désignant le compteur de vitesse. «Cent cinquante. Elle a déjà fait du cent cinquante votre machine ?» —
«Bon Dieu», dit le chef de train, «elle n'a jamais fait des

vitesses pareilles : cent cinq au maximum.» — «Je ne vous le fais pas dire», dit le jeune homme. «Elle roule toujours plus vite. Regardez, le compteur marque déjà cent cinquante-huit. Nous tombons.» Il voulut s'avancer vers la fenêtre, mais perdit l'équilibre et resta le visage collé à la vitre, si fabuleuse était maintenant la vitesse du train. «Le mécanicien ?» cria-t-il les yeux rivés sur ces masses rocheuses qui ne cessaient de surgir à la lumière aveuglante des phares, de face, en dessus, en dessous, à gauche, à droite pour se refermer derrière lui. «Sauté du train», cria à son tour Keller, assis maintenant par terre, le dos appuyé au tableau de commande. «Quand ?» demanda le jeune homme, opiniâtre. Le chef de train eut une légère hésitation ; il dut rallumer son cigare, les jambes déjà à la hauteur du visage en raison de l'inclinaison croissante du train. «Au bout de cinq minutes déjà», dit-il enfin. «Une tentative de sauvetage n'aurait plus eu de sens. Le gars du fourgon a sauté lui aussi.» — «Et vous ?» demanda le jeune homme. «Je suis le chef de train», répondit l'autre, «et puis j'ai toujours vécu sans espoir». — «Sans espoir», répéta le jeune homme, qui était maintenant complètement couché sur la vitre du poste de commande, le visage écrasé au-dessus de l'abîme. «Nous étions assis dans nos compartiments sans nous douter que tout était déjà perdu», pensa-t-il. «Rien ne paraissait encore changé, alors que le gouffre, en vérité, nous aspirait déjà.» «Il faut que je retourne vers l'arrière», cria le chef de train. La panique, selon lui, avait dû éclater dans les voitures, entraînant une ruée générale vers la queue du train. «Sans doute», répondit le jeune homme de vingt-quatre ans, et il pensa au gros joueur d'échecs et à la jeune fille aux cheveux roux lisant son roman. Il tendit au chef de train tous les paquets d'Ormond Brasil 10 qui lui restaient. «Tenez», dit-il, «vous allez sûrement reperdre votre cigare en escaladant la machine». «Vous ne m'accompagnez pas ?», demanda le chef de train, qui s'était redressé et commençait à ramper péniblement le long du couloir. Le jeune homme regarda tous ces instruments absurdes autour de lui, ces leviers ridicules et ces commutateurs qui étincelaient comme de l'argent dans la lumière de la cabine. «Deux cent dix», dit-il. «Je ne crois pas qu'à des vitesses pareilles vous réussirez à grimper jusqu'aux wagons au-dessus de nous.» — «C'est mon devoir», cria le chef de train. «Sans doute», répondit le jeune homme de vingt-quatre ans sans même gratifier d'un regard les efforts absurdes du chef de train. «Il faut que je fasse au moins mon possible», cria ce dernier, qui avait déjà presque atteint le bout du couloir en s'arc-boutant des coudes et des cuisses aux cloisons métalliques. Mais quand la locomotive, après s'être inclinée encore, piqua brusquement de l'avant pour foncer à une vitesse effroyable vers l'intérieur de la terre, et que le chef de train se trouva suspendu comme dans un puits au-dessus du jeune homme allongé lui-même tout au fond de la locomotive sur la vitre argentée de la cabine de commande, face au vide, ses forces l'abandonnèrent. Il s'abattit, sur le tableau de bord et se retrouva, ruisselant de sang, à côté du jeune homme, qu'il agrippa par les épaules. «Que devons-nous faire ?», cria-t-il au travers du vacarme des parois du tunnel déferlant sur eux dans l'oreille de l'autre, qui, de tout son corps inutilement gras et ne le protégeant plus, adhérait sans bouger à la vitre du poste de commande et buvait avidement de ses yeux enfin grands ouverts le vide béant. «Que devons-nous faire ?», cria encore une fois le chef de train, à qui le jeune homme de vingt-quatre ans, sans détourner les yeux du spectacle, ni se laisser distraire par les deux tampons d'ouate qu'un formidable courant d'air brusquement surgi dans la cabine projetait à la vitesse de l'éclair vers le haut du couloir, répondit avec une hilarité fantomatique : «Rien».

LA PANNE

traduit par Armel Guerne

Première partie

Des histoires possibles y en a-t-il encore, des histoires possibles pour un écrivain ? Car s'il renonce à parler de soi, à se raconter, à étaler son «moi» ; s'il ne veut pas céder au romantisme et au lyrisme d'une généralisation de soi à laquelle il répugne ; s'il se sent peu enclin à disserter authentiquement de ses propres espérances et de ses renoncements, de ses conquêtes et de ses échecs ; si rien ne le pousse à exposer ses propres aventures et sa manière personnelle de coucher avec les femmes comme si l'exactitude du tableau avait quelque chance de transposer la chose aux dimensions universelles, alors qu'elle semble plutôt devoir la faire verser au dossier d'une enquête médicale ou psychologique ; bref, s'il préfère vivre sa vie privée et se garder, avec courtoisie, de toute indiscrétion a son sujet ; s'il prétend vouloir travailler à la manière du sculpteur qui pose devant soi le sujet et l'objet, qui œuvre sur sa «matière» et se comporte en «classique», sans avoir à désespérer aussitôt de l'inanité de son effort : oui, dans ce cas-là, écrire devient une chose de plus en plus difficile, de moins en moins justifiable, de moins en moins légitime, de plus en plus absurde. Activité insolite, sans raison d'être. Décrocher un bon point, obtenir une bonne note au palmarès de l'Histoire littéraire — quel intérêt ? Quel est l'homme qui n'a pas obtenu, ici ou là, une bonne note ? Et quelles sont les besognes bâclées qui n'ont pas, ici ou là, connu la récompense d'un prix et la couronne d'une distinction ?

On sait être autrement plus exigeant de nos jours ! Mais là encore, c'est se retrouver devant un dilemme, et les conditions du marché ne sont guère favorables : ce que réclame la vie moderne, c'est de la distraction. Cinéma, le soir ; et poésie à la page littéraire du journal. Au-dessus, c'est-à-dire à partir de cent francs pour parler socialement, on veut avoir «de l'âme», des aveux circonstanciés, la vérité même ! A ce prix-là, ce sont des produits supérieurs que le public entend acquérir : des œuvres morales, des valeurs utiles et dûment utilisables, des formules efficaces, des pensées «valables» qui affirment ou dénoncent quelque chose, qui plaident ou qui condamnent quelque chose — de la haute littérature, en tout cas ! — qu'il s'agisse du christianisme ou du doute, de l'espérance ou du désespoir. Mais l'auteur qui se refuse à donner dans ces productions-là : l'auteur qui s'en écarte toujours plus nettement, toujours plus résolument parce que son besoin d'écrire, justement, il le sent au fond de soi, né dans le jeu de sa conscience et de son inconscient, produit par un balancement intime entre le scepticisme et la foi, issu précisément de tous ces dosages secrets et personnels qui ne regardent absolument pas le public, comme il ne cesse d'en avoir la conviction sans cesse plus assurée ? L'auteur qui reste persuadé que son art suffit et se suffit quand il crée, modèle, donne des formes et du relief, du réel aux apparences ? Que l'écrivain ne puisse s'en prendre qu'à la surface de toutes choses ; que son rôle soit de l'éclairer, de la faire voir, cette surface, et rien de plus ! Et que, pour le reste, il convient de se taire... L'auteur, l'artiste, l'écrivain persuadé et convaincu qu'écrire, c'est cela et seulement cela, que devient-il ?

Une fois qu'il se sera fait à cette conviction profonde, dès que son expérience l'aura amené à ce point : il se trouve arrêté net. Perplexe, il aura des questions à se poser, qui le pousseront peu à peu à conclure que décidément il ne reste plus rien à écrire : qu'il n'y a plus à raconter rien du tout. Le monde ne lui offre plus rien sur quoi il puisse exercer son art d'écrivain ; et le voilà qui songe sérieusement à tout planter là.

Certes, il reste peut-être bien quelques petites phrases à écrire, mais encore faut-il aussi se jeter dans la biologie, se plonger dans une humanité «explosée», si l'on veut essayer de s'adresser, par-delà les infatigables matrices, par-delà les ventres inépuisables des mères constamment en travail, aux millions de millions d'êtres humains dans l'avenir ; ou alors il faudra se plonger dans la physique et se perdre dans l'astronomie, pour peu qu'on cherche à se rendre compte, par besoin d'équilibre et par goût d'harmonie, des structures dont nous dépendons, au sein desquelles nous nous balançons. Pour le reste, tout le reste, cela regarde exclusivement la grande presse hebdomadaire illustrée. Va pour *Match* et pour *Life*, pour *Quick* et pour *Elle* : M. le Président sous la tente à oxygène ; l'oncle Boulganine dans son jardin ; la princesse et son héros des airs ; les vedettes de l'écran ou les rois du dollar : figures interchangeables de l'actualité, périmées déjà dans le moment qu'on parle d'elles.

Hormis cela et ceux-là, c'est la vie quotidienne de tout un chacun. Localisée en Europe occidentale pour ce qui est de moi : en Suisse, si l'on tient aux précisions. Les affaires, bonnes ou mauvaises ; le beau temps ou la crise ; soucis et tracas, émois et chocs, heurs et malheurs au sein de la vie privée : rien qui se rapporte à l'universel, au cosmique, aux cycles de l'être et du non-être, à l'appel du destin. Rien qui touche, de façon ou d'autre, à l'essentiel. La scène où tout se joue, le Destin l'a quittée pour se glisser en coulisse, désormais étranger au drame ; et sous les feux de la rampe, il n'y a plus que des accidents, des crises du hasard, des maladies. Jusqu'à la guerre elle-même, qui dépendra des savants calculs de cerveaux électroniques computant et établissant par avance sa rentabilité ; — impossible, on le sait, pour autant que les machines à dénombrer fonctionnent correctement : il n'y a positivement que la défaite qui soit mathématique. Mais gare aux erreurs provoquées dans les cerveaux artificiels ! Gare aux sabotages éventuels, aux falsifications possibles, aux influences interdites ! Ce qui n'est rien encore, à côté de la possibilité toujours menaçante du dérèglement d'un petit ressort distendu, d'une bobine déboîtée, d'un mauvais contact : un méchant réflexe mécanique, et c'est la fin du monde techniquement court-circuité ; sur une erreur de branchement.

Nous ne vivons plus sous la crainte d'un Dieu, d'une Justice immanente, d'un Fatum, comme dans la Cinquième Symphonie ; non ! plus rien de tout cela ne nous menace. Pour nous, ce sont les accidents de circulation, les barrages rompus par suite d'une imperfection technique, l'explosion d'une usine atomique où tel garçon de laboratoire peut avoir eu un instant de distraction ; voire le fonctionnement défectueux du rhéostat des couveuses artificielles.

C'est dans ce monde hanté seulement par la panne, dans un monde où il ne peut plus rien arriver sinon des pannes, que nous nous avançons désormais, avec des panneaux-réclame tout au long de ses routes : «Chaussures Bally» — «Studebaker» — «Ice-cream», et les petits monuments de pierre dressés, ici ou là, à la mémoire des accidentés. Et dans ce monde, il ne reste plus guère que quelques rares histoires encore possibles, où perce encore timidement un semblant de réalité humaine à travers l'anonyme visage de quelqu'un,

LA PANNE

parce que parfois encore la malchance, sans le vouloir, va déboucher dans l'universel, une justice et sa sanction se manifestent, et peut-être la grâce aussi, qui sait ? dans le reflet que jette, tout accidentellement, le monocle d'un vieil homme soûl.

Deuxième partie

Rien de bien grave assurément, mais une panne tout de même ; c'est ainsi que cela commença. Alfredo Traps, au volant de sa Studebaker, roulait sur une grande route nationale et n'était plus guère qu'à une heure de chez lui (il habitait une ville assez importante) quand sa mécanique s'immobilisa. La voiture rutilante ne marchait plus, et voilà tout. Sa course était venue mourir au pied d'un petit coteau que gravissait la route, avec des cumulus vers le nord et le soleil encore haut dans le ciel de l'après-midi. Alfredo Traps : quarante-cinq ans et pas encore de ventre, l'allure sympathique et de bonnes manières, bien qu'un petit rien d'application permit de deviner au-dessous un quelque chose de plus fruste, de plus commis voyageur ; ce contemporain avait ses affaires dans l'industrie textile.

D'abord, il fuma une cigarette ; puis s'occupa d'un dépanneur. Le garagiste qui vint finalement prendre la Studebaker en remorque affirmait que la réparation ne pourrait pas être faite avant le lendemain, dans la matinée : une panne dans le réseau d'alimentation. Soit ! Impossible de savoir si c'était vrai ; déraisonnable même d'essayer seulement de le découvrir : nous sommes entre les mains du garagiste comme autrefois on tombait au pouvoir du chevalier de fortune qui exigeait rançon ; ou plutôt, nous dépendons de lui comme on a pu dépendre des dieux lares et des démons familiers. Avec une demi-heure de marche jusqu'à la gare la plus proche et un voyage quelque peu compliqué, quoique bref, s'il voulait rentrer à la maison et retrouver sa femme et les quatre enfants — quatre garçons — Traps renonça par nonchalance et décida de passer la nuit sur place. On approchait des six heures du soir ; il faisait beau et chaud. Le jour le plus long de l'année n'était pas loin. Le village, à l'entrée duquel s'ouvrait le garage, avait un air sympathique avec sa butte et son église, le presbytère et le vieux, le très vieux chêne cerclé de fer et solidement soutenu, tout cela bien propre, bien net, jusqu'aux fumiers devant les portes paysannes qui étaient soigneusement dressés à l'équerre, et les dernières maisons qui allaient pittoresquement se perdre ou se nicher à la lisière des bois, sur le coteau. On y trouvait en outre une petite fabrique, quelques salles de café qu'on appelle des pintes, et une ou deux bonnes auberges : l'une, surtout, dont il souvenait à Traps d'avoir entendu dire le plus grand bien. Malheureusement, ils n'avaient plus une seule chambre de libre, plus un seul lit : tout avait été retenu pour un congrès local de petits éleveurs ; mais le Monsieur pourrait peut-être trouver à se loger dans cette villa, là-bas, où l'on acceptait de temps à autre de recevoir des hôtes. Qu'il aille seulement demander.

Traps se sentait hésitant. Il lui était toujours possible de rentrer chez lui par le train ; mais d'autre part, la perspective d'une petite aventure n'était pas faite pour lui déplaire, et il savait par expérience (comme l'autre jour encore dans ce petit bourg de Grossbiestringen, par exemple) qu'on peut trouver parfois des filles à son goût dans ces bourgades écartées. Bref, il dirigea ses pas vers la maison qu'on lui avait indiquée. Il entendit sonner la cloche de l'église, croisa un troupeau de vaches trottinantes qui lui adressèrent leurs meuglements. La villa, avec son unique étage, était entourée d'un vaste jardin dont les bosquets verdoyants, hêtres et pins, cachaient à demi le toit plat, la façade d'une blancheur éblouissante et les volets verts. Plus près de la route, c'étaient des fleurs, des buissons de roses surtout, parmi lesquels s'activait un vieil homme revêtu d'un long tablier de cuir. Peut-être le maître de céans ? Traps s'avance, présente sa requête.

«Votre profession ?» voulut savoir le vieillard en s'approchant de la claire-voie. Il fumait un Brissago et sa tête arrivait à peine à la hauteur du double portillon du jardin.

«Je suis dans les affaires : le textile.»

Le vieil homme, regardant par-dessus ses petites lunettes non cerclées, comme ont coutume de le faire les presbytes, prolongea son examen attentif de Traps, lui disant :

«Mais bien sûr, vous pouvez bien dormir ici !»

Traps s'inquiéta du prix ; mais le vieil homme protesta qu'il n'était pas dans ses habitudes de se faire payer pour cela : il vivait seul, expliqua-t-il, ayant son fils aux Etats-Unis, et comme il avait une gouvernante pour s'occuper de tout, Mlle Simone, c'était pour lui un plaisir que de recevoir de temps à autre un invité.

Le voyageur remercia, touché par cette franche et cordiale hospitalité, en ajoutant que les bons vieux usages n'étaient décidément pas morts à la campagne. Sur ces mots, le portail du jardin fut ouvert et Traps s'avança, jetant un coup d'œil sur les lieux. Pelouses, allées de gravier ; beaucoup d'ombre entrecoupée, ici et là, de zones ensoleillées. Le vieux monsieur expliqua qu'il attendait quelques invités ce soir (il s'était remis à tailler ses rosiers à gestes menus) ; c'étaient des amis, oui, des retraités comme lui qui habitaient l'immédiat voisinage : le village même ou les propriétés là-bas, à flanc de coteau. Ils s'étaient installés dans le pays à cause de la douceur de son climat et parce qu'on n'y souffrait pas du foehn, ce pénible vent chaud du sud-est. Veufs et solitaires comme lui, ils aimaient la nouveauté, l'imprévu, la fraîcheur de la vie ; et il était bien sûr de leur faire plaisir en invitant M. Traps au dîner et à la soirée qu'ils passeraient ensemble.

LA PANNE

L'invité se trouva pris de court. En réalité, il avait compté dîner au village, alléché qu'il était par la renommée de l'auberge fameuse. Mais comment refuser cette invitation, alors même qu'il venait d'accepter l'hospitalité généreuse pour la nuit ? Cela ne pouvait pas se faire ! C'eût été d'une incorrection et d'une muflerie qui eût par trop senti la morgue inexcusable du citadin ! Et Traps prit le parti d'accepter en se déclarant ravi.

La chambre du premier où l'introduisit son hôte était une pièce sympathique et agréable : de vieilles reliures dans la bibliothèque, un tableau de Hodler au mur, un fauteuil confortable, une table, le lit spacieux, l'eau courante. Après avoir débouclé son nécessaire de toilette, Traps se rafraîchit, se rasa, se vaporisa un nuage d'eau de Cologne, puis alluma une cigarette en allant se planter devant la fenêtre.

Le vaste globe du soleil s'enfonçait derrière les hauteurs en faisant flamboyer les hêtres. La pensée de Traps revint rapidement sur les affaires de la journée : cette commande de la Société Rotacher, pas mal, pas mal du tout ; et ce Wildholz qui faisait des difficultés et voulait 5 p. 100 de remise : «Attends un peu, mon gaillard, tu vas te faire serrer la vis un de ces jours !» Puis ce furent de vagues souvenirs qui défilèrent en désordre, des choses sans importance, du quotidien : la possibilité d'un adultère à l'Hôtel-Touring ; savoir s'il allait ou non acheter un train électrique à son cadet (celui qu'il aimait le plus) ; l'idée qu'il devrait bien téléphoner à sa femme pour l'avertir de son retard involontaire ; la plus simple des politesses ; une obligation. Pourtant il s'en détourna. Comme tant de fois déjà. Elle avait l'habitude ; et de toute façon elle ne le croirait pas.

Avec un bâillement, Traps s'offrit une nouvelle cigarette. Sur l'allée de gravier, il vit s'avancer deux vieux messieurs bras dessus, bras dessous, suivis par un troisième personnage, gros et chauve. Congratulations, poignées de main, propos sur les roses. Traps quitte la fenêtre et va inspecter la bibliothèque. A en juger par les titres, la soirée promettait d'être fameusement ennuyeuse : Hotzendorff, *Le Meurtre et la peine de mort ;* Savigny, *Système actuel du Droit romain ;* Ernst-David Hölle, *Pratique de l'Interrogatoire*. Aucun doute là-dessus : le maître de maison était un juriste, peut-être même un ancien maître du barreau. Il n'y avait plus qu'à s'attendre à des discussions sans fin et parfaitement oiseuses, car les lettrés de cette sorte, que savent-ils donc de la vie réelle ? Rien, absolument rien du tout ! Les lois sont faites comme cela. Et puis on en viendra sans doute aussi à parler d'art et de ce genre de choses : une conversation où il risquait fort de se sentir ridicule. Mais quoi ! s'il n'avait pas toujours été dans les affaires et toujours à se battre, lui aussi se serait tenu au courant, aurait pu se familiariser avec les choses les plus hautes !

Ce fut donc sans le moindre plaisir qu'il descendit. Les autres s'étaient installés sur la véranda ouverte, toute éclairée encore par les derniers rayons du soleil, tandis que la gouvernante, une femme plantureuse, dressait la table à côté, dans la salle à manger. Mais en voyant la compagnie qui l'attendait, il eut comme un sursaut intérieur et marqua un temps d'hésitation. Ce ne fut pas sans soulagement qu'il vit venir à lui le maître de maison, maintenant habillé avec une évidente prétention d'élégance, quoique sa redingote fût manifestement trop ample et que ses rares cheveux eussent été plaqués à coups de brosse et collés sur son crâne. Le petit discours de bienvenue qui l'accueillit lui permit de cacher son embarras. Il répondit confusément que tout le plaisir était pour lui, s'inclina cérémonieusement, avec une froideur calculée et distante. Il faisait son mondain et jouait le gros brasseur d'affaires dans l'industrie textile, non sans songer avec dépit qu'il s'était arrêté dans ce village uniquement avec l'espoir d'y trouver quelque fille à son goût. Plus d'aventure ; c'était raté. Et le voilà qui se trouvait en tête-à-tête avec trois autres vieux, qui ne le cédaient en rien au vieux drôle, leur hôte. Ils avaient l'air de corbeaux sinistres dans ce salon d'été avec ses fauteuils de rotin et ses rideaux légers : d'énormes vieux corbeaux très poussiéreux et déplumés, même si leurs redingotes sortaient incontestablement de chez le bon faiseur, comme Traps, qui s'y connaissait en tissus, avait eu la surprise et le loisir de le constater, maintenant que se faisaient les présentations. A côté du dénommé Pilet, soixante-dix-sept ans, dont la mise était plus que soignée, avec un œillet blanc passé à la boutonnière, et qui n'arrêtait pas de se lisser une moustache d'un noir aussi intense qu'artificiel, assis avec une digne raideur sur un siège dur et inconfortable (les chaises et fauteuils tentants ne manquaient pourtant pas autour de lui !); oui, à côté de ce personnage — un retraité sans doute, et qui pouvait avoir été bedeau ou ramoneur, voire chauffeur de locomotive avant que la chance lui eût apporté quelque fortune — les deux autres ne semblaient que plus relâchés et avachis dans leur tenue.

Le premier («Je vous présente M. Kummer, âgé de quatre-vingt-deux ans.») était plus gros encore que Pilet : une masse énorme de boudins et de bourrelets de graisse superposés, un être informe qui s'était écrasé dans un fauteuil à bascule avec sa trogne rouge de gros buveur, son nez violacé d'ivrogne et de petits yeux malins, à fleur de tête, qui riaient derrière un binocle d'or. Etait-ce par négligence ou par pure distraction ? Le fait est, en tout cas, qu'il portait une chemise de nuit, sur laquelle il avait enfilé son costume noir dont les poches étaient bourrées à craquer de journaux et de papiers divers. Quant au second personnage, un grand sec (« M. Zorn, quatre-vingt-six ans.»), il avait le visage couturé de cicatrices et portait monocle sur l'œil gauche ; son long nez osseux était fortement busqué, sa bouche relâchée, et ses cheveux d'un blanc neigeux lui faisaient une crinière de lion. Mais cette figure d'un autre temps, cet être qui appartenait par tous ses pores à un autre âge, avait aussi le gilet boutonné de travers et portait deux chaussettes différentes.

«Campari ? offrit le maître de maison.

— Avec plaisir, merci ! fit Traps en prenant place dans un fauteuil, sous le regard intéressé du grand vieillard maigre qui le scrutait à travers son monocle.

— Monsieur Traps va sans doute participer à notre petit jeu ?

— Mais bien volontiers. Les jeux m'amusent toujours.»

Les vieux messieurs sourirent avec de petits mouvements de tête.

«C'est que notre jeu est peut-être un peu singulier, intervint le maître du logis avec une telle circonspection, qu'il semblait hésiter à s'expliquer. Nous passons notre soirée — comment dire ? — à jouer, oui c'est cela, à professer par jeu nos fonctions d'autrefois.»

Nouveau sourire des vieux messieurs, comme pour s'excuser avec politesse et discrétion.

Traps n'y comprenait rien. Que fallait-il entendre par là ?

«Eh bien, voilà ! précisa le maître de céans. J'étais moi-même juge, autrefois ; M. Zorn était procureur et M. Kummer avocat. Notre jeu fait donc entrer le tribunal en session.»

« Ah ! bon, c'est donc cela», se dit Traps. Il trouvait que l'idée, somme toute, n'était pas si mauvaise. Peut-être même que ce ne serait pas une soirée perdue, en fin de compte !

Le vieux maître de maison enveloppa son invité d'un regard quelque peu solennel. Puis il se mit à lui expliquer de sa voix menue, qu'en général, ils reprenaient les affaires célèbres de l'Histoire : le procès de Socrate, celui de Jésus, le procès de Jeanne d'Arc, celui de Dreyfus, et plus près de nous l'affaire de l'incendie du Reichstag. Ils avaient même, une fois, reconnu Frédéric le Grand comme irresponsable.

«Mais vous jouez donc tous les soirs ?», s'étonna le voyageur.

Le juge acquiesça d'un petit signe de tête et l'assura bien vite que le plus intéressant, naturellement, c'était de jouer sur des cas inédits et des sujets vivants ; les situations auxquelles on pouvait aboutir présentaient parfois un relief passionnant. Pas plus tard qu'avant-hier, par exemple, un parlementaire qui avait manqué le dernier train après une réunion électorale au village, avait été condamné à quatorze ans de travaux forcés pour ses exactions et corruptions.

«Le tribunal est impitoyable ! constata Traps avec amusement.

— Question d'honneur !» répliquèrent les vieillards en rayonnant.

Oui, mais quel rôle pourrait-il bien jouer ?

Nouveaux sourires, presque des rires cette fois. Et le maître de maison s'empressa : ils avaient déjà le juge, le procureur et l'avocat de la défense, rôles qui exigeaient au surplus une réelle compétence en la matière, une parfaite connaissance des règles du jeu ; mais le rôle d'accusé restait à pourvoir. M. Traps, toutefois — il tenait à y revenir avec insistance — n'était en aucune manière obligé de prendre part au jeu !

Diverti et rasséréné au projet des vieux messieurs, leur invité se dit qu'au lieu de la soirée assommante et compassée à laquelle il s'était attendu, ce serait finalement peut-être une soirée très amusante. Les discussions intellectuelles et les spéculations de l'esprit n'attireraient guère cet homme simple, adroit certes et capable de ruse dans le domaine des affaires, mais peu enclin par nature aux efforts de la réflexion. Ses goûts le portaient plutôt aux plaisirs de la table et à la grosse plaisanterie. Aussi déclara-t-il qu'il entrait volontiers dans le jeu et qu'il se faisait un honneur d'accepter le poste vacant d'accusé.

«Bravo ! Voilà qui est parler en homme, croassa le procureur en battant des mains ; voilà ce que j'appelle du courage !»

Curieux et intrigué, Traps s'enquit du crime dont il aurait à répondre.

«Aucune importance ! lui répondit le procureur tout en essuyant son monocle. Vraiment, c'est la moindre des choses : un crime, on en a toujours un !»

Et ce fut un rire général.

L'énorme M. Kummer se leva, parlant d'un ton quasi paternel :

«Venez donc, monsieur Traps, nous avons là un vieux porto fameux : il faut que vous goûtiez cela !»

Traps le suivit dans la salle à manger, où la grande table ronde était fastueusement dressée maintenant pour le festin. Chaises anciennes à haut dossier ; tableaux enfumés au mur. Du cossu à la mode d'autrefois. On entendait le murmure de la conversation des vieillards sur la véranda, et la fenêtre ouverte sur le flamboiement vespéral laissait entrer le pépiement des oiseaux. Des bouteilles s'alignaient sur une petite table ; il y en avait d'autres sur la cheminée, avec les grands bordeaux couchés dans leur panier verseur. L'avocat, d'une main qui tremblait un peu, inclina cérémonieusement un vieux flacon de porto et emplit avec précaution deux verres fins à ras bord ; puis il trinqua délicatement avec Traps, faisant à peine tinter le cristal.

«Excellent ! fit Traps après une dégustation attentive, en connaisseur.

— Monsieur Traps, je suis votre défenseur, observa M. Kummer. A notre bonne entente, donc, et à notre bonne amitié !

— A notre bonne amitié !»

Approchant alors contre lui sa trogne rubiconde et son gros nez violet surmonté du pince-nez, si près que la masse énorme de son ventre flasque s'appuyait désagréablement contre son corps :

«Le mieux, voyez-vous, se prit à dire l'avocat sur le ton du conseil, le mieux serait encore de m'avouer immédiatement votre crime. Car alors, je puis vous garantir que nous nous en sortirons au tribunal. Encore qu'il n'y ait pas lieu de dramatiser les choses, il ne faut certes pas non plus les prendre trop à la légère et sous-estimer la situation. M. le procureur, ce grand sec, est toujours en possession de tous ses moyens : c'est donc un homme à craindre ; quant à M. le juge, notre hôte, il a malheureusement toujours été porté à la sévérité, et non sans quelque pédanterie peut-être ! Mais avec l'âge (il va maintenant sur ses quatre-vingt-huit ans) son formalisme et sa rigueur n'ont fait que croître. Néanmoins, jusqu'ici, la défense a presque toujours réussi à sauver ses causes, à marquer des points en tout cas et à éviter le pire. Il ne m'est arrivé qu'une seule fois de n'aboutir à rien, par le fait, et de ne pouvoir absolument rien atténuer : il s'agissait d'un assassinat suivi de vol. Mais ici, n'est-il pas vrai, monsieur Traps ? — si j'ose me permettre : nous n'avons pas affaire à un meurtre crapuleux... Ou bien est-ce que je me trompe ?»

L'interpellé eut un rire pour répondre qu'à son grand regret, il n'avait commis aucun crime. Et là-dessus : «A votre bonne santé !» jeta-t-il.

«N'hésitez pas à me le confier, insista l'avocat avec chaleur. Vous n'avez pas à avoir honte : je connais la vie, vous savez, et il n'y a plus rien pour m'étonner. Vous pouvez m'en croire, monsieur Traps ! Que de destins ont défilé devant moi ! Que d'abîmes se sont ouverts !»

Traps se sentait désolé, vraiment, mais il n'y pouvait rien. En tant qu'accusé, il ne pouvait se targuer d'aucun crime. D'ailleurs (et il continuait de sourire) n'était-ce pas l'affaire du procureur, que de lui en trouver un ? Il l'avait affirmé lui-même. Donc il ne restait qu'à le prendre au mot. Jouer le jeu, c'était ce qu'il voulait faire ! Et il était fort avide de voir ce qu'il en sortirait. Au fait, lui ferait-on subir un interrogatoire en règle ?

«Mais je pense bien !
— Voilà qui me ravit.»

Le visage de l'avocat se fit grave.

«Vous sentez-vous réellement innocent, monsieur Traps ?
— Sans l'ombre d'un doute !»

Il riait. Il trouvait ce dialogue extrêmement amusant.

Le défenseur avait retiré son pince-nez pour en nettoyer les verres. Et il dit :

«Il n'y a pas d'innocence qui tienne, mon jeune ami ! Et dites-vous bien : ce qui importe, ce qui décide de tout, c'est la tactique ! Ce n'est plus de l'imprudence, croyez-moi, c'est de l'impudence que de prétendre à l'innocence devant notre tribunal, si vous voulez bien me permettre d'exprimer la chose en termes mesurés. Il serait beaucoup plus adroit, tout au contraire, de s'avouer coupable et de choisir soi-même le chef d'accusation : la fraude, par exemple, si profitable aux hommes d'affaires ! Il reste alors toujours possible, au cours de l'interrogatoire, de faire ressortir que l'accusé s'était exagéré les choses : qu'il ne s'agissait nullement d'une fraude caractérisée, mais bien d'une innocente accommodation des faits, d'une manière de présenter les choses sous un certain jour, à des fins purement publicitaires, ainsi qu'il est couramment d'usage dans le monde des affaires. Sans doute, le chemin qui conduit de la culpabilité à l'innocence reconnue est-il un chemin ardu, mais aucunement impraticable ; vouloir conserver une innocence intacte, par contre, est vraiment sans espoir et ne peut guère entraîner que des conséquences catastrophiques. Vous ne risquez plus que de perdre, là où vous aviez des chances de l'emporter ; sans compter qu'en négligeant de choisir vous-même votre culpabilité, vous serez contraint de porter celle qu'on vous imposera !»

LA PANNE

Amusé et insouciant, Traps haussa les épaules : il en avait bien du chagrin, mais décidément il ne se connaissait aucune faute qui l'eut mis en contravention avec la loi.

En chaussant son pince-nez, le défenseur prit un temps de réflexion et déclara, songeur, qu'il irait sans nul doute de difficulté en difficulté, avec Traps, et que ce serait dur, très dur. Puis il conclut leur entretien en lui recommandant de faire désormais attention à chaque mot qu'il allait dire, de peser bien chaque parole et de ne surtout pas se laisser aller à bavarder à tort et à travers. «Sinon, vous allez vous retrouver soudain avec une lourde condamnation aux travaux forcés, sans qu'on n'y puisse rien !»

Les autres avaient fait leur entrée dans la salle à manger et l'on prit place à table. Conversation enjouée et détendue ; atmosphère sympathique. On passa différents hors-d'œuvre et petits plats : assiette anglaise, œufs à la russe, escargots, potage à la tortue. L'humeur des convives allait de pair avec leur plaisir : ils se servaient avec entrain, mangeaient goulûment et sans faire de façons. Puis le procureur attaqua :

«Voyons un peu ce que l'accusé va nous offrir ! J'espère, quant à moi, qu'il va s'agir d'un bon assassinat. Un beau meurtre, voilà qui est parfait !»

L'avocat de la défense intervint aussitôt :

«Mon client se présente comme un accusé sans délit. Un cas unique en quelque sorte : l'exception judiciaire. Il soutient qu'il est innocent.

— Innocent ?»

Le procureur, dans son étonnement, n'avait pas pu en dire plus. Les balafres de son visage avaient rougi et le monocle, qui avait failli tomber dans son assiette, se balançait maintenant au bout de son cordonnet noir.

Le juge, un véritable pygmée à côté des autres, était resté le geste suspendu, alors qu'il rompait du pain dans son assiette, et avait redressé le buste, interloqué, pour poser un regard réprobateur sur Traps en hochant avec gravité la tête. L'autre convive également, le chauve taciturne avec son œillet blanc à la boutonnière, n'avait pu s'empêcher de lever des yeux étonnés, qu'il gardait fixés sur Traps, sans un mot. Ce silence, tout à coup, avait quelque chose d'angoissant. Plus le moindre tintement dans la pièce : cuillères et fourchettes s'étaient immobilisées ; les bouches même ne mastiquaient plus, et l'on eut dit que plus personne ne respirait. Il n'y avait que Simone, dans le fond, qui étouffait un rire.

Enfin le procureur se ressaisit et déclara :

«C'est donc ce que nous allons voir ! L'impossible n'est pas possible et ce qui ne saurait exister n'existe pas.

— Allons-y ! lança Traps en riant. Je suis à votre entière disposition.»

Avec le poisson, le premier vin fut servi. Un neuchâtel léger et pétillant. Et, penché sur sa truite, le procureur enchaîna :

«Voyons un peu cela. Marié ?

— Depuis onze ans.

— Des enfants ?

— Quatre.

— Profession ?

— Dans l'industrie textile.

— Vous seriez donc représentant, cher monsieur Traps ?

— Non. Agent général.

— Très bien. Et vous avez été arrêté par une panne ?

— Oui, de façon tout à fait inattendue. C'est la première depuis un an.

— Ah ! Et auparavant ?

— Oh ! j'avais une vieille voiture : une Citroën, de 1939. Tandis que maintenant, je possède une Studebaker, modèle spécial, rouge-laqué.

— Une Studebaker, tiens, tiens ! C'est fort intéressant. Et

vous l'avez depuis peu ? Vous n'étiez donc pas agent général, à l'époque ?

— Non. Je voyageais en tant que simple représentant.

— Je vois, approuva le procureur. Les affaires marchent bien.»

L'avocat, à côté de Traps, se pencha vers lui pour lui chuchoter son conseil : «Attention à ce que vous dites ! Faites attention !»

Mais celui que nous pouvons désormais appeler M. l'agent général, sans souci, s'occupait de mettre la dernière main à son steak à la tartare : un filet de citron, une tombée de cognac, le sel et du paprika (une petite recette personnelle). Il goûtait une réelle euphorie. Lui qui avait toujours pensé qu'il n'y avait rien au-dessus, pour un homme de son espèce, qu'une réunion du «Pays de Cocagne», un club vraiment amusant, voilà qu'il connaissait une soirée plus relevée encore et qui lui procurait un plaisir sans égal. Il le dit comme il le pensait.

«Ha, ha ! fit aussitôt le procureur, vous appartenez au Club du Pays de Cocagne. Quel est donc le surnom que vous y portez ?

— Casanova.

«Ha, ha ! fit aussitôt le procureur, en replaçant le monocle dans son orbite, comme s'il venait de découvrir quelque chose de très important. Nous sommes ravis de l'apprendre ! Et dites-moi, cher monsieur Traps, peut-on tirer de là les conclusions qui s'imposent et les appliquer sans inconvénient à votre vie privée ?»

Vivement, le défenseur se pencha vers son client pour lui conseiller une fois encore de se tenir sur ses gardes. Mais Traps l'entendit à peine.

«Oh ! si peu, mon cher monsieur, si peu !... Il m'arrive bien d'avoir quelques petites aventures extra-conjugales, mais seulement quand l'occasion s'en présente. Je n'y mets aucune ambition.»

Ce fut au tour du juge d'intervenir, tout en versant le neuchâtel à la ronde, pour demander à l'hôte s'il voulait bien avoir la bonté de s'ouvrir un peu en leur racontant la vie qu'il avait eue. En quelques mots, bien sûr, en quelques mots ! Mais comme le tribunal siégeait pour juger ce cher M. Traps, qui n'était sûrement pas un saint, et comme ils allaient peut-être le condamner à des années de boulet, il convenait que ce fût en pleine connaissance de cause. Rien de plus légitime donc, qu'ils voulussent en apprendre plus long sur sa vie privée et ses histoires intimes, sur ses aventures amoureuses en particulier, les plus scabreuses et les plus pimentées autant que possible !

«Oui, oui ! Racontez ! racontez !» insistèrent avec ensemble les autres vieux messieurs. N'avaient-ils pas traité, un soir, à cette même table, un souteneur qui leur avait raconté des choses passionnantes et vraiment singulières sur son «métier» ? Un sujet particulièrement intéressant, qui d'ailleurs s'en était tiré, malgré tout, avec seulement quatre ans de travaux forcés !

«Là, là ! Que voulez-vous que je vous raconte ? protesta Traps en riant. Ma vie n'a rien que de très ordinaire, messieurs : une existence comme celle de tout le monde, je me vois obligé de le reconnaître. A la vôtre, et rubis sur l'ongle, comme on dit !»

Verres levés, ils trinquèrent ; et M. l'agent général considéra avec attendrissement, l'un après l'autre, les regards des quatre vieillards qui fixaient sur lui leurs yeux d'oiseau, comme s'il eût été une proie particulièrement excellente. Puis les verres touchèrent les lèvres et furent vidés d'un coup.

Dehors, le soleil avait finalement disparu, et avec lui avait cessé le tapage infernal des oiseaux ; mais le paysage baignait encore dans une belle clarté. Ici les jardins et là-bas les champs, les maisons avec leurs toits rouges serrés parmi les arbres, le moutonnement des collines boisées et tout au loin, la ligne montagneuse avec quelques glaciers : tout reposait dans un calme silencieux et bucolique qui semblait évoquer la bénédiction divine, respirer l'harmonie cosmique, comme dans une promesse grandiose de félicité.

Sa jeunesse avait été dure, disait Traps, tandis que Simone changeait les assiettes et venait déposer sur la table une énorme terrine fumante : des champignons à la crème. Son père était un prolétaire, un ouvrier d'usine adonné aux idéologies de Marx et d'Engels, un révolté amer et triste, qui ne s'était jamais occupé ni soucié de son unique enfant. Sa mère, blanchisseuse à la tâche, s'était fanée très tôt.

Il en était à l'école primaire, tandis que dans les verres scintillait un «Réserve des Maréchaux» de la bonne année.

«Je n'ai eu droit qu'à l'école primaire. A l'école primaire seulement ! disait Traps, les yeux humides, en s'apitoyant confusément sur son misérable sort passé, pris entre la rancœur et l'émotion.

— Significatif, vraiment significatif ! coupa le procureur. Pas plus loin que l'école primaire ? On peut dire, mon très cher, que vous vous êtes élevé à la force du poignet, vous, au moins !

— C'est bien ce que je voulais dire, plastronna Traps, que le vin des Maréchaux avait échauffé, ému aussi jusqu'au fond du cœur par la douce amitié de cette réunion et la sérénité mystique du paysage déployé devant les fenêtres. Et comment ! Il y a dix ans à peine, je n'étais guère encore qu'un simple démarcheur faisant du porte-à-porte avec sa petite mallette ! Un fichu travail, je vous prie de le croire, et bougrement dur : toute la journée à piétinailler, presque sur la pointe des pieds, et les nuits qu'on passe à la belle étoile ou dans des auberges louches, sordides ! Ah ! oui, je peux bien le dire : je suis vraiment parti du plus bas, dans ma branche, du tout premier échelon ! Car aujourd'hui, messieurs, vous n'imaginez sans doute pas ce qu'est mon compte en banque ! Je ne voudrais pas avoir l'air de me vanter, oh ! que non ! mais permettez-moi de vous demander s'il en est un parmi vous qui possède une Studebaker...

— Tâchez donc d'être un peu prudent !» lui souffla son défenseur alarmé.

Curieux, le procureur voulut apprendre comment il y était arrivé. L'avocat, une fois de plus, le supplia de se méfier et de ne pas parler autant. Qu'il fasse donc attention à ce qu'il disait.

«Je suis l'agent unique et exclusif d'Héphaïstos pour le continent, proclama Traps avec emphase. L'Espagne seule et les Balkans exceptés.»

Ayant dit, il enveloppa la tablée d'un regard de triomphe.

Le petit juge intervint, riant sous cape, pour exposer qu'il connaissait comme Héphaïstos un certain dieu grec, habile forgeron d'art, qui avait enfermé la déesse de l'amour et le dieu de la guerre, Arès, surpris dans leurs jeux galants, en un filet si fin forgé qu'il en était presque invisible. (Tout en parlant, le petit juge se resservait copieusement de champignons.) «Et nous savons que les autres dieux se réjouirent tant et plus de cette capture, ajouta-t-il. Mais j'avoue que l'Héphaïstos qui a notre honorable M. Traps comme agent exclusif en Europe, reste pour moi le plus voilé des mystères !»

Traps éclata de rire.

«Vous brûlez pourtant, mon cher hôte et très honorable juge ! s'exclama-t-il. C'est vous-même qui avez parlé d'un voile qui couvre le mystère. Et ce dieu grec, qui m'était personnellement inconnu, n'avez-vous pas dit qu'il avait fabriqué un filet si ténu qu'il en était presque invisible ? Or, si nous avons de nos jours le Nylon, le Perlon, le Myrlon et autres tissus artificiels, dont ces messieurs de la cour ont certainement entendu parler, il existe encore un tissu nommé l'Héphaïstos, qui n'est autre que le roi des tissus artificiels : indéchirable quoique transparent, et cependant souverain contre les rhumatismes, trouvant son emploi aussi bien dans le domaine de l'industrie que dans celui de la mode, en temps de paix comme en temps de guerre. Il convient à la perfection pour la fabrication des parachutes, et se prête comme un rêve à la confection des plus exquises lingeries féminines et des déshabillés les plus suggestifs, comme je le sais par expérience.

— Par expérience ! Voyez-vous cela ? Par expérience ! L'avez-vous entendu ? Fameux ! Fameux !» s'exclamèrent les vieux messieurs en renchérissant à l'envi, cependant que Simone enlevait les assiettes et revenait, cette fois, avec une longe de veau braisée.

«Un festin ! Un vrai festin ! approuva M. l'agent général au comble de la jubilation.

— Enchanté que vous sachiez l'apprécier, et non sans raison ! prononça le procureur. Les mets les plus fins ! La quantité avec la qualité ! Un menu comme on en servait autrefois, du temps que les hommes n'avaient pas peur de manger. Que nos grâces et nos compliments aillent donc à Simone ! Grâces aussi à notre amphitryon, gourmet grandiose et fastueux en dépit de sa taille ! Grâces enfin à Pilet notre échanson, propriétaire de l'auberge du Bœuf au village voisin, qui nous ouvre sa science et les trésors de sa cave ! Louange à tous !... Et maintenant, si nous en revenions un peu à vous, mon gaillard ? Votre vie, bon ! nous la connaissons ; — et croyez bien que nous avons pris le plus vif intérêt à ce rapide aperçu, comme aussi à vos activités, qui nous sont à présent parfaitement claires. Sauf sur un point de détail, toutefois : un petit point sans aucune importance. Nous aimerions savoir, en effet, comment vous êtes parvenu, dans votre branche, à occuper un poste aussi lucratif. Est-ce à force d'énergie et de constante application ?

— Attention ! Prenez garde ! Maintenant cela devient dangereux», glissa à l'oreille de Traps son voisin, l'avocat.

Oh ! cela n'avait pas été facile, expliqua Traps. (Le petit juge était en train de découper le rôti.) Il lui avait fallu l'emporter sur Gygax, tout d'abord, ce qui était loin d'être une mince affaire.

«Ah ! oui ? Et ce M. Gygax, qui est-ce donc ?

— Lui ? C'était mon chef direct, avant.

— Qu'il vous a fallu éliminer, c'est bien cela ?

— Avoir sa peau, oui, pour dire les choses aussi brutalement que nous les disons, nous autres. (Traps s'interrompit pour arroser sa viande d'une sauce succulente.) Messieurs, reprit-il, vous permettrez que je vous parle avec franchise : dans les affaires, on y va carrément — œil pour œil, dent pour dent ! — et celui qui voudrait s'y montrer gentilhomme, grand merci ! tout le monde lui passe sur le ventre. Voyez-vous, je gagne peut-être de l'argent gros comme moi, c'est entendu ; mais aussi je travaille comme dix éléphants ! Avaler six cents kilomètres par jour dans ma Studebaker, c'est ma ration. Il se peut que ma façon de mettre le couteau sur la gorge du vieux Gygax n'ait pas été «fair-play», comme on dit ; mais quoi ? les affaires sont les affaires, n'est-il pas vrai ? Et je n'avais vraiment pas le choix, si je voulais arriver. Voilà tout !»

Suprêmement intéressé, le procureur quitta des yeux sa longe de veau pour lever son regard sur Traps.

«Avoir sa peau, le couteau sur la gorge, arriver, lui passer sur le ventre : ce sont là des propos plutôt inquiétants, ne trouvez-vous pas ?

— Naturellement, s'esclaffa l'agent général, il convient de les prendre au sens figuré !

— Et ce M. Gygax, comment va-t-il ?

— Il est décédé l'an passé.»

Affolé, l'avocat se pencha vers Traps : «Vous êtes fou, ma parole ! Vous êtes complètement fou !» lui souffla-t-il.

«L'année dernière ! Le pauvre homme !... Mais quel âge avait-il donc? s'inquiéta le procureur.
— Cinquante-deux ans.
— Fauché en pleine fleur, autrement dit. Et de quoi est-il mort, ce pauvre M. Gygax ?
— Un mal quelconque l'a emporté, dit Traps.
— Après que vous eûtes occupé son poste ?
— Juste avant.
— Fort bien, merci. Que pourrais-je demander de plus pour le moment ? scanda le procureur. Une chance ! Une véritable chance ! Dénicher un mort, au fond, n'est-ce pas l'essentiel ?»

Tous éclatèrent de rire ; et Pilet lui-même, qui jusque-là avait mangé avec une sorte d'attention religieuse et pédante, engloutissant des quantités énormes sans se laisser distraire, oui, Pilet lui-même quitta son assiette des yeux.

«Parfait !» approuva-t-il, en essuyant d'un geste complaisant ses noires moustaches. Puis il retomba dans son mutisme et se remit avec application à dévorer.

Le procureur leva son verre d'un geste solennel.

«Messieurs ! lança-t-il avec emphase, c'est sur cette découverte que nous allons tâter le Pichon-Longueville 1933 ! Au grand jeu, les grands crus de Bordeaux !»

Verres emplis, contemplés, humés, ils burent.

«Tonnerre de tonnerre ! explosa l'agent général après avoir vidé son verre pour le tendre aussitôt au juge, quel bouquet, messieurs ! Ce Pichon est purement et simplement formidable !»

Le jour et son long crépuscule étaient près de mourir ; c'était à peine si les visages, maintenant, se distinguaient dans la pénombre ; et dans le ciel du soir, déjà, se laissaient deviner les premières étoiles. La gouvernante vint allumer, sur la table trois chandeliers massifs qui semblèrent l'épanouir, rejetant sur les murs, en ombres fabuleuses, comme le calice merveilleux d'une fleur fantastique. Et la magie de la lumière répandit dans une tiède intimité comme un parfum de sympathie universelle, une aimable détente, un abandon délicieux, fraternel, insoucieux des convenances et des usages.

«On croirait vivre un conte!» laissa échapper Traps, émerveillé.

Mais l'avocat de la défense, qui épongeait de sa serviette un front où perlait la sueur, ne put s'empêcher de lui répondre : «Si quelqu'un vit un conte, ici, vous êtes le seul, mon très cher ! Jamais de ma vie, il ne m'est arrivé de voir un accusé se livrer, en toute sérénité, à des déclarations d'une telle imprudence. Jamais !

— Ne vous mettez donc pas dans de pareils états, cher ami ! lui répondit Traps en riant. Dès que nous en serons à l'interrogatoire, soyez sans crainte, je saurai ne pas perdre la tête.»

Un silence de mort tomba sur l'assistance, comme une fois déjà. Plus un mouvement ; plus un bruit.

Ce fut avec un véritable gémissement que l'avocat lança :

«Mais malheureux ! Qu'est-ce que vous voulez dire : Dès que nous en serons à «l'interrogatoire» ?

Traps était en train de se servir de salade.

«Alors, serait-ce qu'il a déjà commencé ?» fit-il sans lever les yeux.

A ces mots, les vieillards piquèrent du nez dans leur assiette, se jetèrent des regards furtifs, échangèrent des sourires de connivence et finirent par glousser de plaisir avec des mines malicieuses et ravies. Le chauve sortit de son mutisme et de sa réserve, tout secoué d'un rire étouffé :

«Il ne s'en était pas aperçu ! Il ne s'en était pas aperçu !»

Traps en resta interloqué, ne sachant trop que penser et se sentant vaguement inquiet de cette allégresse mutine chez les dignes vieux messieurs. Puis cette impression s'évanouit d'elle-même et il se prit à rire à son tour.

«Je vous prie de m'excuser, messieurs, dit-il gaiement. Je m'étais imaginé que le jeu se ferait avec plus de solennité, plus de formes, plus d'emphase : quelque chose qui ressemblerait plus, en somme, à une session des tribunaux.»

Ce fut le juge qui prit alors la parole.

«Cher monsieur Traps, il me faut avouer que dans votre émoi, vous avez eu une mimique absolument impayable ! Et maintenant laissez-moi vous expliquer. Je comprends que notre manière d'administrer la justice vous paraisse quelque peu étrange et par trop enjouée. Mais n'oubliez pas, mon cher, que les membres de notre tribunal sont des juristes émérites, que nous sommes tous les quatre à la retraite, et donc quittes désormais de cet appareil embarrassant et fastidieux dont s'encombrent toujours nos tribunaux officiels. Foin de ce formalisme et des procès-verbaux, des écrivasseries et des attendus ! Nous jugeons, nous, sans avoir à revenir à tout bout de champ aux précédents poussiéreux, aux vieux articles de loi ou à des paragraphes périmés du Code.

— Courageux ! commenta l'agent général qui commençait à se sentir la langue un peu lourde. Courageux, oui, et je peux dire que cela m'en impose, messieurs ! Sans paragraphes ! Voilà une initiative hardie !»

Non sans peine, M. l'avocat de la défense se leva de son siège. Il allait prendre un peu l'air avant de s'attaquer au chapon, annonça-t-il. Une petite promenade, le temps de fumer une cigarette. C'était le bon moment. Et pourquoi M. Traps ne l'accompagnerait-il pas ?

Ensemble, ils traversèrent la véranda et entrèrent dans la nuit maintenant close, une nuit chaude et majestueuse. Les fenêtres de la salle à manger laissaient filtrer de longs rubans de lumière dorée qui couraient sur la pelouse et jusque sur les buissons de roses. Un ciel sans lune, étincelant, déployait sa coupole sur la masse sombre des arbres sous lesquels zigzaguaient les allées, dont le gravier se laissait à peine deviner, conduisant confusément les pas des deux promeneurs, bras dessus, bras dessous, qui s'efforçaient bravement de marcher droit, en dépit des hésitations et des embardées que leurs têtes, lourdes de vin, refusaient de reconnaître. Ils avaient allumé des cigarettes, tabac français, qui piquaient leurs points rouges dans l'obscurité.

A pleins poumons, Traps respirait l'air de la nuit.

«Ça, c'est une soirée ! s'exclama-t-il avec enthousiasme, en désignant le rectangle lumineux des fenêtres sur lequel se découpa un instant la lourde silhouette de la gouvernante. Je crois bien ne m'être jamais amusé autant ! Quel plaisir !

— Mon cher ami, intervint l'avocat en s'appuyant pesamment sur le bras de Traps pour étayer un équilibre compromis, souffrez que je vous dise quelques mots, quelques mots bien sentis que vous feriez bien de prendre au sérieux, avant que nous retournions attaquer le chapon. Vous m'êtes très sympathique, jeune homme, et je me sens de l'affection pour vous. Je vais donc vous parler comme un père : je vous vois mal parti, mon cher, très mal parti. Nous sommes bel et bien en train de manquer notre affaire et de perdre sur toute la ligne !

— Ce n'est vraiment pas de chance», laissa tomber l'agent général en s'appliquant à guider leur marche quelque peu incertaine sans quitter le gravier de l'allée qui contournait la sombre masse d'un bosquet. Ils arrivèrent devant un étang, devinèrent qu'il y avait là un banc de pierre, sur lequel ils se laissèrent tomber. L'eau toute proche, où miroitaient les astres, leur apportait un souffle de fraîcheur. Au village, la fête du groupement des petits éleveurs battait son plein : on entendait d'ici le chant des chœurs et de l'accordéon, puis ce fut le souffle puissant et solennel du cor des Alpes.

Le défenseur finit par revenir à son admonestation :

«Vous devriez vous reprendre, dit-il. Il faut que vous vous teniez sur vos gardes ! L'adversaire a fait plus que marquer des points : il a enlevé de puissants bastions à la défense. Ce mort, ce Gygax, que vos bavardages inconsidérés ont fait apparaître très inopportunément, devient une menace plus que grave, et l'affaire a pris très mauvaise tournure. En vérité, un défenseur quelconque y renoncerait et rendrait les armes ; mais voyez-vous, à force d'acharnement à ne laisser échapper aucune chance de mon côté, et surtout en comptant sur la plus extrême prudence de votre part et sur une parfaite discipline, je puis encore éviter le pire.»

Un rire secoua Traps. Comme jeu de société, il ne pensait pas qu'on pût inventer quelque chose de plus drôle. Il devait absolument le faire connaître aux compagnons du Pays de Cocagne.

«N'est-ce pas ? fit l'avocat d'un ton ravi. C'est la vie même ! Voyez-vous, mon cher ami, lorsque j'ai pris ma retraite et que je me suis retrouvé dans ce petit coin perdu sans nulle occupation pour y finir mes jours, je me suis mis à dépérir. Qu'est-ce que ce coin a pour lui, en effet ? Rien du tout, sinon qu'on n'y sent pas le foehn. Or, que vaut un bon climat, je vous le demande ? Moins que rien, si l'esprit n'y trouve pas son compte. Le procureur s'y mourait, déjà aux portes de l'agonie ; notre amphitryon était atteint, pensait-on, d'un cancer de l'estomac ; Pilet était diabétique ; quant à moi, je devais surveiller ma tension. Voilà où l'on en était. Une vraie vie de chien ! De loin en loin, nous nous retrouvions tristement pour échanger nos souvenirs et parler nostalgiquement du temps de nos activités ; et c'était notre unique joie ici-bas. Ce fut alors que le procureur eut l'idée de mettre sur pied notre jeu, pour lequel le juge offrit sa maison, tandis que j'offrais moi-même ma fortune : car vous ne sauriez imaginer, mon cher, quelle pelote peut se faire un avocat de la belle société ! La générosité du filou de haute volée pour son défenseur, quand il lui a sauvé la mise — ces messieurs de la haute finance, comme on dit — c'est proprement incroyable : de la pure prodigalité, je vous assure ! Et si vous ajoutez à cela que je suis célibataire, vous comprendrez que j'ai les moyens. Et voilà comment nous avons trouvé notre panacée : hormones, sécrétions gastriques, équilibre sanguin, tout rentra dans l'ordre et nos misères physiologiques disparurent, miraculeusement remplacées par l'appétit, la jeunesse, l'énergie, la souplesse. La vie, quoi ! D'ailleurs, vous n'avez qu'à voir... »

Et ce disant, le vieil homme se leva pour exécuter, dans le noir, quelques exercices ou gesticulations que Traps perçut assez vaguement. Revenu sur le banc, l'avocat reprit :

«Ce jeu, nous le menons avec les invités de notre hôte comme accusés. Ce sont des gens de passage : voyageurs de commerce ou touristes. Et c'est ainsi que nous avons pu, voilà deux mois, condamner un général allemand à vingt ans de détention. Il passait par ici, en vacances avec son épouse, et c'est à mon seul talent qu'il doit d'avoir échappé à la peine capitale, je puis le dire !

— Une affaire sensationnelle, je vous l'accorde, répondit Traps. Mais n'exagéreriez-vous pas un tout petit peu en parlant de la peine de mort, mon cher docteur en droit ? Car je sais fort bien qu'elle a été abolie chez nous !

— Dans la jurisprudence officielle, c'est vrai, reconnut aussitôt le défenseur. Mais dans notre tribunal privé, nous l'avons rétablie : risquer la peine capitale donne à notre jeu un relief et un intérêt bien plus mordants. C'est précisément ce qui le caractérise.

— Et le bourreau, vous l'avez aussi, je suppose ?

— Bien sûr, approuva l'avocat non sans fierté. C'est Pilet.

— Pilet ?

— Et pourquoi pas ?»

Traps eut de la peine à avaler sa salive et s'y reprit à plusieurs fois avant de dire : «Mais je croyais qu'il était le patron de l'auberge du Bœuf, celui qui fournit les vins que nous buvons !

LA PANNE

— Aubergiste, il l'a toujours été, expliqua l'avocat avec complaisance. Ses fonctions officielles ne l'occupaient qu'accessoirement, à titre honorifique, pourrait-on dire. C'était un des grands spécialistes et des plus appréciés dans un pays voisin ; mais il y a bientôt vingt ans qu'il est à la retraite, lui aussi, quoiqu'il n'ait jamais cessé de suivre de près les progrès de son art.»

La lueur des phares d'une voiture qui passait sur la route vint iriser la fumée de leurs cigarettes et fit surgir de l'obscurité l'espace d'un instant, aux yeux de Traps, la masse énorme de l'avocat, sa redingote luisante de crasse sur laquelle s'épanouissait la face grasse, jubilante, satisfaite. Traps frissonna et sentit sur son front perler une sueur froide.

«Pilet ! s'exclama-t-il.

— Mon bon ami, mais qu'avez-vous tout à coup ? On dirait, ma parole, que vous tremblez ! lui dit son défenseur. Serait-ce que vous vous sentez mal ?

— Je ne sais pas trop, bredouilla l'agent général en cherchant son souffle. Je ne me sens pas trop bien.»

Il revoyait en pensée leur chauve commensal, cet être taciturne, maniéré, quelque peu imbécile apparemment. Imposer une pareille compagnie était un peu fort, pensait-il ; mais le pauvre bougre n'en pouvait rien. Ce n'était pas de sa faute, en somme, s'il avait un métier pareil ! Cette nuit chaude du premier été, la chaleur caressante des vins qu'il avait bus, inclinaient Traps à la bienveillance : il se sentait un cœur débordant de fraternité, d'humanité, l'âme tolérante et libre de préjugés. N'était-il pas quelqu'un qui en avait vu plus que d'autres et savait tout comprendre, un homme que rien ne pouvait surprendre en ce monde ? Il travaillait dans le textile, certes, mais comme une personnalité de grande envergure, non point comme un quelconque petit bourgeois timoré, hypocrite et plein d'idées préconçues ! Oui, oui, parfaitement, leur soirée eût été infiniment moins excitante et moins drôle sans la présence d'un bourreau, il en était bien convaincu maintenant, et déjà il se faisait un plaisir de ce qu'il pourrait raconter à la prochaine soirée du «Pays de Cocagne» ; il pourrait même proposer qu'on invitât le bourreau en personne, tous frais payés, bien entendu, avec une petite somme en guise d'honoraires. Voilà qui donnait du sel à son aventure, conclut-il, et ce fut avec un rire bienheureux qu'il finit par avouer :

«Je m'y suis laissé attraper et j'ai pris peur ! Mais le jeu, en effet, ne fait qu'y gagner en intérêt.

— Confidence pour confidence, répliqua l'avocat de la défense qui avait repris son bras, maintenant qu'ils s'étaient levés, marchant en titubant vers l'éclatante lumière des fenêtres de la salle à manger, confidence pour confidence : comment avez-vous supprimé Gygax ?

— Parce que c'est moi qui l'ai supprimé ?

— Mais voyons ! puisqu'il est mort.

— Mort, oui ; mais je ne l'ai pas supprimé, moi !»

L'avocat s'immobilisa.

«Mon jeune et cher ami, fit-il d'un air entendu, croyez que je comprends vos scrupules et vos hésitations : de tous les crimes possibles contre la loi, le meurtre est incontestablement le plus difficile à avouer. Le coupable se sent pris de honte et se refuse à admettre l'évidence de son forfait. Il le dissimule jusqu'à ses propres pensées, en chasse le souvenir de sa propre mémoire. C'est un passé qu'il ne veut pas connaître de lui-même : trop lourd pour qu'il puisse le supporter, trop accablant pour qu'il veuille en faire la confidence à qui que ce soit au monde. Il ne veut même pas s'en ouvrir à son défenseur, le plus paternel et le plus compréhensif des amis, ce qui est d'une stupidité insigne, mon cher Traps, reconnaissez-le : car l'avocat de la défense adore le crime ; rien ne peut lui faire plus de joie que d'avoir un assassinat. Allons, un bon mouvement, mon vieux ! le vôtre, donnez-le-moi. Tel l'alpiniste devant un difficile sommet de quatre mille mètres, je ne me sens en forme que devant l'obstacle sérieux, une véritable tâche. C'est un vieux montagnard qui vous le dit. Quand il sait sur quoi il s'emploie, le cerveau se met de lui-même à fonctionner, tout ronronnant et bourdonnant dans son zèle, et c'est alors qu'il pense, médite, réfléchit, raisonne, joue et déjoue, découvre et prévoit ! Actif, que c'en est une vraie joie. Et c'est pourquoi en vous refermant dans votre méfiance vous commettez une faute grave, une erreur capitale, décisive, et, souffrez que je vous le dise, la seule qui importe. Ne vous obstinez donc pas, mon vieux, sortez-moi votre aveu !»

L'agent général n'avait malheureusement rien à avouer, il était au regret de le dire.

Son défenseur resta perplexe, fixant un regard stupéfait sur Traps, en plein sous la lumière des fenêtres ouvertes, qui laissaient également venir jusqu'à eux le bruit des voix, des rires, auquel se mêlait le tintement des verres entrechoqués.

«Que signifie, mon garçon ? fit l'avocat avec reproche. N'allez-vous pas enfin abandonner votre attitude insoutenable et cesser de jouer de votre innocence ? Vous n'allez tout de même pas prétendre que vous n'avez pas compris maintenant ! Qu'on le veuille ou non, il faut qu'on avoue, on doit avouer, et il n'est pas possible que vous n'ayez pas commencé à le sentir, de si loin que ce soit et aussi lentement que vous vous y soyez mis ! Alors, mon bon ami, allons-y une bonne fois pour toutes, sans tergiversation ni réticence : ouvrez-moi votre cœur. Comment avez-vous supprimé Gygax ? Sur un coup de tête, non ? Auquel cas, c'est contre une accusation de meurtre qu'il va falloir nous défendre. Je vous parie que le procureur est déjà sur la piste, quoique ce ne soit là qu'une hypothèse personnelle ; mais je connais mon bonhomme !

— Mon très cher défenseur, répondit Traps avec un mouvement de la tête, le vrai charme du jeu et sa magie singulière — pour autant que je puisse en juger et risquer une opinion, moi qui n'y suis qu'un novice — tient au frisson de peur qu'il provoque et au doute qu'il fait naître chez l'intéressé. Le jeu confine à la réalité, et voilà qu'on se demande tout à coup si l'on est ou si l'on n'est pas un véritable coupable, si l'on a réellement ou non supprimé le vieux Gygax. C'est ce qu'il vient de m'arriver à vous entendre : un vertige m'a pris. Je tiens donc à vous affirmer que je suis innocent de la mort de cette vieille canaille. Réellement.»

Avec ces dernières paroles, ils rentrèrent dans la salle à manger où le poulet était servi, tandis que scintillait dans les verres un Château Pavie 1921.

Plein d'émotion, Traps alla droit vers le grave et taciturne vieillard chauve et lui serra la main. L'avocat de la défense venait de lui apprendre quel était son métier autrefois, aussi tenait-il à lui dire quel plaisir c'était pour lui de savoir qu'il avait pour convive un homme de bien. Lui, Traps, était un homme sans préjugés. Pilet, en lissant ses moustaches, rougit légèrement et répondit, gêné, en patoisant horriblement, qu'il était enchanté, ravi, que le plaisir était pour lui. Il ferait de son mieux.

Après cette fraternisation émouvante, le chapon n'eut que plus de saveur : une recette secrète de Simone, comme le déclara le juge. Tous dégustèrent à qui mieux mieux, et non sans bruit, en se léchant les doigts et s'extasiant sur ce chef-d'œuvre. On était sans façons ; on se sentait bien ; et l'affaire prit un tour bonhomme dans cette atmosphère de franche lippée. Serviette nouée autour du cou, lèvres actives et bouche pleine, le procureur souhaita pouvoir déguster, en même temps que cette exquise volaille, un non moins excellent aveu : le très sympathique et honorable accusé avait sûrement empoisonné Gygax. Vrai ?

«Nullement, protesta Traps en riant. Je n'ai rien fait de semblable.
— Dirons-nous alors : abattu ?
— Non plus.
— Un accident de voiture discrètement préparé à l'avance ?»

Ce fut un éclat de rire général, au milieu duquel le défenseur lança une fois de plus son avertissement à mi-voix : «Prenez garde ! C'est un piège.

— Dommage, monsieur le procureur, très dommage, mais Gygax est mort d'un infarctus ! éclata Traps joyeusement. Et ce n'était même pas sa première crise, qui remontait à plusieurs années déjà. Depuis cette époque, en dépit des airs qu'il se donnait, il devait se surveiller et faire très attention car la moindre émotion pouvait lui être fatale, je le sais pertinemment.

— Tiens, tiens, et comment donc ?
— Par sa femme, monsieur le procureur.
— Sa femme ?
— Pour l'amour du Ciel, méfiez-vous !» insista encore le défenseur, dans un souffle.

Mais le Château Pavie avait eu raison de tout, tant il était excellent. Traps en était à son quatrième verre et Simone venait de déposer précautionneusement une bouteille exprès pour lui. En levant avec enthousiasme son verre à l'adresse des vieux messieurs, il déclara qu'il allait peut-être étonner le procureur, mais il voulait dire la vérité et s'en tenir à la vérité n'ayant rien à cacher à la cour, même si le défenseur ne cessait de lui souffler de faire attention. Et pour tout dire, il avait eu un petit quelque chose avec la femme de Gygax. Eh bien, oui, quoi ! le vieux gangster voyageait beaucoup et négligeait désastreusement une charmante petite épouse, séduisante et coquette, auprès de laquelle il avait dû jouer les consolateurs, à l'occasion ; d'abord sur le divan de l'entrée et parfois même, par la suite, dans le lit conjugal. Ce sont des choses qui arrivent et puis quoi ? c'est ainsi que le monde est fait !

Cette déclaration figea de surprise les vieux messieurs, qui perdirent tout sang-froid l'instant d'après et se mirent à pousser des clameurs de jubilation, dont les moindres n'étaient pas celle du chauve, généralement si réservé, qui avait jeté son œillet en l'air et glapissait : «Un aveu ! Un aveu !»

Le défenseur, seul, ne participait pas à cette frénésie mais se frappait désespérément les tempes de ses poings. «Une telle stupidité !» gémissait-il à pleine gorge ; il fallait que son client fût devenu fou et son histoire, vraiment, ne tenait pas debout. On ne pouvait absolument pas le croire sur parole. Traps, indigné, protesta véhémentement, appuyé par le tonnerre renouvelé des applaudissements de la tablée. Puis ce fut un long débat entre l'accusation et la défense, une dispute acharnée de si et de mais, d'or et de donc, moitié comique, moitié sérieuse, à laquelle Traps ne comprit pas grand-chose, ignorant ce qu'ils disputaient quant au fond. Tout cela tournait autour du mot «dolus», et son acception juridique échappait à l'agent général. La discussion s'envenima, se compliquant de plus en plus à mesure que le ton montait, et le juge s'en mêla, s'emportant à son tour. Dans la violence des échanges, Traps ne chercha plus à deviner de quoi il pouvait s'agir, renonçant même à suivre, comme il l'avait fait depuis le début, en attrapant une bribe ici ou là ; ce fut avec un réel soulagement qu'il vit réapparaître la gouvernante avec le plateau de fromages. Lâchant un soupir d'aise, il laissa tout souci au sujet du «dolus» pour opérer son choix entre le Camembert, le Brie, l'Emmenthal, le Gruyère, la Tête de Moine ou le Vacherin, le Limbourg et le Gorgonzola, après quoi il trinqua avec le taciturne chauve, qui, lui aussi, se tenait en dehors de cette discussion ardente à laquelle il paraissait également ne rien comprendre. Mais comme il allait s'absorber tranquillement dans sa dégustation, le procureur l'interpella soudain, la crinière en bataille et le teint cramoisi, agitant une main gauche impatiente, le monocle entre ses doigts :

«Monsieur Traps, demanda-t-il d'un ton péremptoire, êtes-vous toujours en bons termes avec Mme Gygax ?»

Tous les regards convergèrent sur Traps, la bouche pleine de camembert et de pain blanc, qu'il avala posément, en prenant son temps. Il but ensuite une gorgée de Château Pavie, tandis que dans le silence général battait le tic-tac d'une pendule quelque part, et se faisait entendre, au loin, un refrain entonné par des hommes avec accompagnement d'orgue de Barbarie.

«Depuis la mort de Gygax, expliqua Traps, j'ai cessé mes visites à la petite dame. Pourquoi aurais-je voulu compromettre une honnête veuve dans sa réputation ?»

Cette simple explication éveilla, à sa grande surprise, un nouvel et inexplicable élan d'un enthousiasme fantastique, plus débordant encore que précédemment, avec les cris du procureur qui exultait : «*Dolo malo ! Dolo malo !*» citant des vers latins et grecs avec de longs passages de Schiller et de Gœthe. Le juge, pendant ce temps, avait soufflé les bougies moins une seule, à la flamme de laquelle il s'amusait à faire jouer sur le mur toutes sortes d'ombres fabuleuses : têtes de chèvres, diables ricaneurs, chauves-souris, gnomes et lutins. Pilet, de son coté, tambourinait sur la table, faisant sauter verres et assiettes, plats et couverts, avant que d'annoncer d'une voix suraiguë que cela promettait une condamnation à mort : une condamnation à mort ! L'avocat de la défense, cette fois encore, ne participa pas à la liesse générale et, pour bien marquer son indifférence, poussa le plateau de fromages devant Traps. «Qu'il se serve donc et qu'il se régale ! C'était tout ce qu'il restait à faire.»

LA PANNE

Le calme revint quand fut présenté le Château Margaux, un vieux flacon poudreux au millésime de 1914, que le juge entreprit de déboucher avec des gestes d'une prudence circonspecte, sous les regards unanimement attentifs. Il usait d'un étrange tire-bouchon d'un autre âge, conçu pour extirper le liège sans seulement soulever la bouteille du panier où elle était couchée : opération délicate qu'il exécuta en retenant sa respiration, car il s'agissait de ne pas endommager le fameux bouchon, seul témoin de l'âge authentique de la bouteille dont l'étiquette avait été depuis longtemps rongée par le temps. Finalement le bouchon se cassa, et il fallut retirer un à un, avec mille précautions minutieuses, les derniers fragments du goulot. Sur le bouchon lui-même, on pouvait encore déchiffrer le millésime et il passa religieusement de main en main, fut reniflé, admiré, puis offert comme une relique précieuse à l'agent général, en souvenir de cette inoubliable soirée, ainsi que l'exprima le juge avec une émotion qui donnait à sa voix un accent de grande solennité. Avant que de servir à la ronde, le juge mouilla d'abord le fond de son verre, huma profondément, goûta d'un geste lent et recueilli, claqua sa langue contre le palais, puis versa. Ce fut le tour des autres de goûter, tâter et déguster avec la même lenteur concentrée, pour laisser ensuite éclater un concert de louanges extasiées et ravies à l'adresse du merveilleux échanson. Le plateau de fromages fit le tour de la table et le juge invita le procureur à prononcer son «petit» réquisitoire ; mais il voulait tout d'abord qu'on renouvelât les bougies des chandeliers pour mieux marquer la solennité de la chose, appelant, avec toute la grave attention requise, un effort de lucidité et un sentiment pénétré de la dignité intérieure. Simone apporta donc les lumières et ils furent alors si graves, brusquement, que l'agent général en eut comme un frisson et céda à un sentiment de légère angoisse, tout en se félicitant par ailleurs de cette soirée extraordinaire et véritablement merveilleuse, à laquelle il n'eût voulu renoncer pour rien au monde.

L'avocat, lui, semblait plutôt mécontent.

«Fort bien, Traps ! Il ne nous reste qu'à écouter le réquisitoire, lui dit-il. Vos bavardages imprudents, vos déclarations inconsidérées et votre tactique obstinément erronée : vous allez être stupéfait de voir ce que cela a donné. Les choses étaient déjà graves et je vous ai prévenu, mais vous les avez si bien empirées qu'elles sont à présent catastrophiques. N'allez cependant pas perdre courage pour autant : je vous aiderai à vous en tirer malgré tout, pourvu que vous ne perdiez pas la tête. Vous aurez chaud, c'est moi qui vous le dis, et vous ne passerez pas au travers sans y laisser des plumes !»

Le moment était arrivé. On s'était mouché et éclairci la gorge tout autour de la table ; on avait trinqué une dernière fois ; de fins sourires et de petits gloussements de plaisir avaient accompagné les premiers mots du procureur.

«Le suprême agrément de notre soirée et son couronnement, commença-t-il le verre levé, sans cependant quitter son siège, c'est que nous ayons sans doute flairé et dépisté un meurtre manigancé de façon si subtile qu'il a naturellement échappé très glorieusement à la Justice officielle.»

Interloqué, Traps céda à un brusque mouvement de colère et éclata :

«Un meurtre ? J'aurais commis un meurtre, moi ? Halte-là, messieurs ! voilà qui est aller trop loin. Déjà mon défenseur s'était mis cette histoire abracadabrante dans la tête et...»

Mais sa colère passa aussi vite qu'elle était venue, à l'idée de cette énorme plaisanterie qu'il n'avait pas su apprécier aussitôt, et il fut secoué d'un fou rire sauvage qu'il n'arrivait plus à maîtriser. Oui, bien sûr, il comprenait tout maintenant... Une farce colossale, le crime dont on voulait le persuader, une facétie désopilante !

Digne, le procureur posa un long regard sur Traps, retira son monocle, frotta le verre minutieusement, puis le relogea dans son orbite.

«L'accusé doute encore de sa faute, reprit-il. C'est humain. Quel est l'homme qui se connaît ? Quel est celui de nous qui sait quels sont ses propres crimes et qui se tient dans le secret de ses méfaits cachés ? C'est pourquoi je voudrais dès maintenant faire ressortir un premier point, avant même que se déchaînent les passions inhérentes à notre jeu : c'est que, si comme je le prétends et l'espère de tout mon cœur Traps est un assassin, nous touchons à une heure particulièrement imposante et grave. Car c'est pour nous une heureuse circonstance que la découverte d'un crime, un événement solennel qui nous exalte le cœur et qui nous met en face de nouveaux devoirs, devant des responsabilités nouvelles, avec des obligations à remplir, des décisions plus graves à prendre. Aussi permettez-moi d'en remercier avant tout notre cher et éventuel coupable, puisqu'il n'est guère possible de découvrir un assassinat sans l'assassin lui-même, afin que prévaille la justice ! Souffrez donc que je lève mon verre à la santé de notre excellent ami, de ce modeste Alfredo Traps, qu'un destin bienveillant a conduit parmi nous !»

Ce fut une explosion de joie. Tous debout, les vieux messieurs burent à la santé de l'agent général, ému aux larmes par cet élan de sympathie, qui assura en les remerciant que c'était la meilleure et la plus magnifique soirée qu'il eût jamais connue.

Le procureur n'était lui-même pas loin des larmes quand il reprit, la voix mouillée :

«Sa meilleure soirée, affirme notre noble ami. Voilà ce que j'appelle une parole, messieurs, un mot inoubliable, une parole touchante ! Qu'il vous souvienne du temps que nous avons passé au service de l'Etat, à accomplir une tâche rébar-

bative. Ah ! ce n'était pas en ami que se trouvait devant nous l'accusé, c'était en ennemi ! Et celui que nous pouvons enfin aujourd'hui serrer sur notre cœur, il nous fallait alors le repousser, le rejeter... Sur mon cœur, cher ami !»
Quittant sa place après ces mots, le procureur se jeta sur Traps pour l'embrasser tumultueusement.
«Mon cher procureur ! mon cher, mon très cher ami !» bafouillait l'agent général au comble de l'attendrissement.
Quant au procureur, de son côté, il larmoyait :
«Mon accusé bien-aimé ! Mon très cher Traps !... Et puis on se tutoie ! Mon nom est Kurt. A ta santé, Alfredo !
— A la tienne, Kurt !»
Embrassade, baisers, congratulations tendresses, coudes levés ! Et sur la jeune fleur de cette amitié fraîche éclose rayonna une émotion qui touchait tous les cœurs.
«Quelle différence radicale ! constata le procureur épanoui. Au lieu de cette course naguère, qui nous précipitait d'une cause sur l'autre, de délit en délit pour énoncer jugement sur jugement, nous avons tout loisir, aujourd'hui, d'approfondir et de controverser, d'en référer et de disputer, de parler et de répondre dans l'aimable détente d'une chaleureuse cordialité, d'une franche gaieté, qui nous permettent de laisser l'accusé gagner dans notre estime et notre affection, de jouir de la sympathie qu'il a pour nous, heureux de part et d'autre de cette double fraternisation ! Comme tout devient facile à partir de cette compréhension, et combien peu accablant le crime, combien serein le jugement ! De quelle gratitude n'avons-nous pas, messieurs, à saluer le meurtre accompli ! (« Les preuves, vieux Kurt ! les preuves d'abord !» interrompit Traps, en pleine euphorie de nouveau.) Gratitude que j'exprime d'autant plus volontiers que nous avons affaire, messieurs, à un crime qui touche à la perfection : un superbe assassinat. Je dis superbe ; et si son aimable auteur inclinait, comme il est possible, à ne voir dans

ce jugement que cynisme pur, qu'il se détrompe ! Rien n'est plus loin de moi, en effet, que cette pétulance estudiantine ; c'est au contraire à un double point de vue que son acte mérite son titre : philosophiquement parlant et par sa virtuosité technique. Car vous devez comprendre, cher Alfredo, mon ami, que les hommes réunis autour de cette table se sont défaits du préjugé regardant le crime avec horreur, comme quelque chose de laid en soi, et la Justice comme quelque chose de beau, au contraire (disons plutôt quelque chose d'horriblement beau !); non ! pour nous c'est la beauté, et jusque dans le crime même, qui fonde la Justice et la rend possible avant tout. Voilà donc pour l'aspect philosophique. Quant à la perfection technique de l'acte accompli, nous allons l'apprécier à sa juste valeur. Et en affirmant que nous allons l'apprécier, j'use du terme qui convient et je crois avoir trouvé le mot propre : apprécier ! Mon réquisitoire, en effet, ne saurait être l'implacable et funeste discours partout chargé de foudres, qui pourrait effaroucher, gêner, troubler notre ami, mais bien une appréciation, une estimation, une reconnaissance qui lui révélera son crime, qui l'épanouira dans sa fleur et lui en fera prendre connaissance. La conscience, en vérité, la conscience est ce marbre pur, le socle unique sur lequel on puisse fonder l'impérissable monument d'une parfaite justice !»

Arrivé là, le procureur, épuisé, s'arrêta. En dépit de ses quatre-vingt-six ans, il avait parlé avec éloquence, d'une voix forte et pleine d'autorité, soulignant ses paroles de grands gestes. En outre, il avait beaucoup bu et mangé. Son front ruisselait, sa nuque était inondée de sueur, et le vieil homme s'épongea sans façons avec la serviette maculée qu'il avait nouée à son cou.

Traps se sentait ému, troublé, profondément remué. Mais son corps était lourd, écrasé sur la chaise après ce formidable dîner. Repus et au-delà. Mais quoi ? Il n'allait pourtant pas s'en laisser remontrer par ces étonnants vieillards, si gargantuesques qu'ils se montrassent ! Il avait affaire à forte partie, d'accord ; et il avait beau se flatter d'être lui-même une solide fourchette, il devait reconnaître qu'il n'avait jamais rencontré de pareils géants pour l'appétit et pour la soif. Le train qu'ils menaient à table, leur vitalité et leur voracité avaient quelque chose de stupéfiant, d'ahurissant, de prodigieux. Et Traps, l'œil un peu vague, le cœur réchauffé par la cordialité du procureur, contemplait avec émotion cette tablée ; au loin, il entendit sonner avec solennité les douze coups du clocher, puis ce fut dans la nuit l'écho des voix masculines, au village, qui chantaient : «Notre vie est semblable au voyage... »

«Comme dans un conte, s'émerveilla de nouveau l'agent général, c'est vraiment comme dans un conte !» Puis il ajouta : «Et c'est moi qui dois avoir commis un assassinat, moi en personne ; mais je me demande bien comment.»

Le juge, dans l'intervalle, avait procédé au débouchage d'une nouvelle bouteille de Château Margaux 1914 ; et le procureur, après avoir repris des forces, repartit de plus belle.

«Que s'est-il donc passé, et comment ai-je pu découvrir que notre excellent ami pouvait se targuer d'un meurtre ? Non point un vulgaire assassinat, j'y insiste, mais un meurtre subtil, un chef-d'œuvre de virtuosité que ne vient pas souiller le sang, ni non plus le recours à des procédés aussi grossiers que le poison ou le revolver.»

Le procureur prit un temps et s'éclaircit la gorge, cependant que Traps, la bouche pleine de Vacherin, semblait être positivement hypnotisé.

L'expérience acquise dans la profession, reprit le procureur, lui faisait un devoir de partir de ce principe absolu que derrière chaque action peut se cacher un crime et derrière chaque individu un assassin. Cela admis, le premier indice sur lequel ils avaient pu pressentir en la personne de M. Traps l'heureux sujet auquel on pouvait imputer un crime, n'était autre que le fait, retenu et considéré avec la plus profonde gratitude, que le voyageur en textiles se déplaçait encore dans une vieille Citroën l'année d'avant, alors que maintenant c'était dans une Studebaker que M. l'agent général courait les routes du pays.

«Je sais bien que nous vivons dans une époque d'activité économique intense, et que ce premier indice, par conséquent, restait une indication plutôt vague, un simple mouvement du cœur qui semblait nous permettre de saluer un événement heureux. Je dirai mieux : la découverte éventuelle d'un crime. Que notre digne ami se fût emparé du poste de son chef immédiat, qu'il eût supplanté ce chef et que ce chef lui-même fût mort, c'étaient là des faits qui n'avaient nullement valeur de preuves : ce n'étaient guère encore que des facteurs propres à nous raffermir dans notre sentiment, à le fonder circonstanciellement, à le confirmer en substance. L'authentique soupçon, le soupçon objectif et logiquement articulé, ne commença d'apparaître que lorsque nous sûmes de quoi cette personnalité mythique était morte. Car quelle était la cause du décès ? Crise cardiaque ; infarctus. Et voilà le point qui réclame une attention extrême, le point qui exige toutes les ressources de la subtilité et du flair, une approche savante, prudente, en finesse afin de surprendre la vérité, afin de reconnaître l'extraordinaire dans l'ordinaire, de discerner le certain dans l'incertain et de voir à travers le brouillard se dégager quelque chose de précis : bref, de croire en un meurtre précisément là où il paraissait absurde d'envisager un meurtre.

«Voyons un peu quels sont les faits dont nous disposons. Et d'abord, quelle image avons-nous du mort ? Le peu que nous en savons, nous le tenons de ce que notre sympathique invité nous a appris. M. Gygax était donc l'agent général des tissus synthétiques Héphaïstos, et nous aurions mauvais gré à ne pas lui laisser sans exception les aimables qualités que notre excellent Alfredo a bien voulu lui prêter. Nous dirons donc que ce caractère entier y allait carrément et exploitait sans scrupule les gens qu'il employait ; habile en affaires, il y réussissait fort bien et arrivait toujours à ses fins, encore que sa conscience ne l'embarrassât guère sur le choix des moyens.

— Bravo ! jeta Traps absolument enthousiasmé. C'est bien le vivant portrait de cette vieille canaille.

— Nous pouvons aussi ajouter, reprit le procureur sur sa lancée, que notre homme aimait à jouer les gros brasseurs d'affaires devant les autres, à poser à l'homme fort, débordant d'énergie et d'astuce, au grand patron arrivé que rien ne prend de court et qui connaît toutes les ficelles. Et c'est pourquoi Gygax garda le plus complet, le plus hermétique secret sur la grave maladie de cœur dont il était atteint. Tout cela, c'est Alfredo qui nous l'a appris. Cette maladie, en effet, le blessait dans son orgueil et il la subissait, comme il nous est facile de l'imaginer, avec une espèce de fureur indignée qui refusait de l'admettre, pour ainsi dire, car il n'y voyait pas autre chose qu'une atteinte à son prestige personnel.

— Merveilleux ! Inimaginable ! approuva avec feu l'agent général. Cela tient de la sorcellerie, et ma parole ! je serais prêt à parier que Kurt a personnellement connu le défunt.»

Son défenseur, penché vers lui, le rappela à l'ordre et lui conseilla le silence.

«Il convient d'ajouter maintenant, si nous voulons parfaire le portrait de M. Gygax, déclama à nouveau le procureur, que le défunt négligeait sa femme, une délicieuse petite personne séduisante et jolie, pour revenir à l'image qui nous en a été donnée, puisque tels sont à peu près les termes dont s'est servi notre ami. Aux yeux de Gygax, ce qui comptait, ce qui importait avant tout, c'était la réussite extérieure, le succès des affaires, la façade ; et nous pouvons supposer en toute vraisemblance qu'il n'a jamais douté de la fidélité de sa femme : il était bien trop convaincu lui-même du caractère exceptionnel et marquant de sa haute personnalité pour que puisse seulement l'effleurer l'idée d'un quelconque adultère ! Imaginons donc, messieurs, quel coup devait s'abattre sur lui, si jamais il venait à apprendre que son épouse le trompait avec notre Casanova du Pays de Cocagne !»

Un éclat de rire général accueillit cette saillie et Traps, lui, se tapa sur les cuisses. Quand il réussit à reprendre son souffle, la face épanouie, il apporta sa confirmation jubilante à l'hypothèse du procureur :

«Ce le fut, en effet ! Ha, ha ! Le coup de grâce, je vous le dis, quand il l'a su !

— Mais c'est du délire, c'est de la folie pure !» se lamenta le défenseur en levant les bras.

Le procureur, debout, inclina un visage rayonnant sur Traps, qui raclait la Tête de Moine du plat de son couteau.

«Ah ! oui ? fit-il. Et comment est-il venu à l'apprendre, ce vieux bandit ? Serait-ce sa délicieuse petite femme qui aurait tout avoué ?

— Bien trop timorée, monsieur le procureur ! Elle avait une peur épouvantable de cette vieille canaille.

— Gygax serait-il tombé en personne sur le pot-aux-roses ?

— Bah ! il était bien trop infatué de lui-même.

— Faut-il que ce soit toi, cher ami et don Juan, qui soit allé le lui dire?»

Traps se sentit rougir jusqu'aux oreilles.

«Bien sûr que non, Kurt ! protesta-t-il. A quoi vas-tu penser ? C'est une de ses bonnes relations d'affaires qui l'a mis au courant.

— Mais pourquoi donc ?

— Pour me nuire. C'est quelqu'un qui m'en a toujours voulu.

— Drôle de monde, constata curieusement le procureur. Et comment ce digne personnage a-t-il eu connaissance de ta liaison ?

— C'est moi qui lui avais raconté l'histoire.

— Raconté ?

— Eh bien, oui, quoi !... devant un verre de vin, que ne va-t-on pas raconter !

— Je vois, admit le procureur ; mais tu viens de dire toi-même que cet ami de M. Gygax était mal disposé à ton égard. En lui faisant tes confidences, ne caressais-tu pas *d'avance* la certitude que le vieux filou apprendrait tout ?»

Le défenseur intervint aussitôt et s'interposa avec force, repoussant sa chaise et se démenant dans sa sueur, le col de sa chemise tout avachi. Il tenait à avertir Traps qu'il n'était pas obligé de répondre à cette question.

«Et pourquoi pas ? répondit Traps qui voyait les choses autrement. C'est une question parfaitement innocente : et cela m'était complètement égal que Gygax l'apprît ou non. Ce vieux gangster se comportait avec moi de façon si brutale et me montrait si peu d'égards, que je ne vois pas pourquoi j'en aurais eus pour lui, en vérité !»

L'espace d'un instant, il y eut de nouveau comme un silence de mort dans la pièce. Et brusquement ce fut un tumulte assourdissant, un véritable ouragan de rires, une tempête de jubilation, des cris, des hurlements, des gesticulations insensées. La tête chauve vint embrasser Traps sur les deux joues, le serrer à pleins bras ; le défenseur perdit son lorgnon à force de rire, clamant et hoquetant qu'avec un pareil accusé, on ne pouvait décidément pas se fâcher ! Une liesse délirante avait emporté le juge et le procureur en une folle sarabande autour de la pièce : ils tambourinaient sur les murs, ils cabriolaient sur les chaises, se congratulaient avec effusion, brisaient les bouteilles vides, ne savaient plus que faire pour exprimer l'intensité vertigineuse de leur plaisir. Grimpé sur une chaise au beau milieu de la pièce, le procureur glapissait de toute la force de ses poumons que l'accusé avait avoué, avoué, avoué, et bientôt, assis maintenant sur le haut dossier, il chanta les louanges de ce cher invité qui jouait le jeu à la perfection de la perfection !

«Le cas est clair et la dernière certitude acquise, enchaîna-t-il dans le désordre qui s'apaisait, vacillant sur sa chaise comme une vieille statue baroque battue à tous les vents. Voyez-le, notre hôte bien-aimé, notre très cher Alfredo, courant le pays au volant de sa Citroën pour le compte exclusif de son sacré patron. A peine un an de cela ! Vous me direz qu'il pouvait s'en vanter déjà, qu'il pouvait être fier d'en être arrivé là, notre ami, ce père de quatre enfants en bas âge, ce fils d'ouvrier. Soit ! Il y avait de quoi être fier, en effet. Car où en était-il durant la guerre encore ? Un simple démarcheur, un malheureux représentant qui faisait du porte-à-porte ; que dis-je ? un vagabond plutôt, puisqu'il n'avait pas de patente : un vagabond colportant des étoffes en fraude, un petit camelot illicite trimbalé par le train de village en village ou courant les campagnes à pied, cheminant à travers monts et vaux, s'enfonçant dans les bois, traversant parfois des kilomètres de forêts sombres pour atteindre une ferme isolée, avec sa vieille besace sale qui lui bat les flancs, peut-être même un mauvais panier ou une valise toute cabossée et défoncée à bout de bras. Ah ! oui, on peut dire que les choses ont changé et qu'il s'est fait sa place au soleil, maintenant qu'il a sa situation dans une maison solide ; il fait de la représentation ; il s'est hissé au niveau des affaires ; et il est membre du parti libéral, alors que son père était marxiste. Mais qui s'arrête sur la branche — si l'on veut bien me passer une image poétique — qui se repose sur la branche qu'il vient d'atteindre, tant qu'il en voit d'autres au-dessus de lui, toujours plus haut, avec des fruits plus succulents encore ? Il gagnait certes bien sa vie à lever ses commandes, passant d'un magasin de tissus à l'autre avec sa Citroën. Ce n'était pas une mauvaise machine, non ; mais notre Alfredo n'en remarquait pas moins ici et là ces nouveaux modèles luxueux et rapides, qui le croisaient ou le dépassaient tels des éclairs. Les affaires marchaient bien dans le pays ; le confort augmentait ; pourquoi ne pas en être ? Pourquoi pas moi ?

— Exact, mon cher Kurt ! C'était exactement cela», confirma Traps rayonnant de bonheur.

Le procureur en fut heureux comme un enfant. Il se sentait dans son élément, parfaitement à l'aise, sûr de soi, comblé.

«Plus facile à vouloir qu'à faire, néanmoins ! reprit-il, toujours assis sur le haut dossier de sa chaise. Le patron n'était pas là pour lui faciliter la tâche, bien au contraire : le patron se servait de lui, l'utilisait impitoyablement, l'exploitait sans pudeur, et pour mieux le tenir, s'arrangeait pour lui faire toujours de nouvelles avances d'argent qui enchaînaient son homme à chaque fois un peu plus, l'enfonçaient plus profondément dans sa dépendance.

— C'est cela même ! explosa l'agent général. Ce vieux gangster !... Jamais vous ne croiriez, messieurs, à quel point il me tenait dans ses griffes !

— Rien d'autre à faire, donc, que d'y aller carrément, affirma le procureur.

— Et comment !» confirma Traps.

Et le procureur, exalté par les interruptions de l'accusé, s'était dressé debout sur sa chaise et brandissait comme un étendard sa serviette maculée, découvrant sans retenue un gilet où traînaient des marques grasses et colorées du menu entier.

«Notre cher ami, clamait-il, s'est donc lancé d'abord sur le plan des affaires proprement dites, et sans excès d'élégance, il

nous l'a dit lui-même, sans trop s'embarrasser des règles et du fair-play ! Il ne nous sera pas très difficile de nous représenter cela : il entre secrètement en rapports directs avec les fournisseurs de son patron ; il prend langue avec eux et, prudemment, leur offre de meilleures conditions, amorce la concurrence ; il voit aussi d'autres représentants, échange des renseignements confidentiels, noue des alliances et des renversements d'alliances. Mais ce n'est pas tout, car il lui vient alors l'idée d'attaquer par une autre voie.»
Traps s'étonna : «Une autre voie encore ?»
Le procureur se contenta d'approuver de la tête.
«Et cette voie, messieurs, qui passait par le canapé, dans l'antichambre, le conduisait finalement droit dans le lit conjugal de Gygax.»
Tous éclatèrent de rire, mais nul autant que Traps qui s'esclaffa :
«Ah ! oui, c'était une sale blague, un sacré mauvais tour que je jouais là au vieux gangster ! Mais aussi quel comique dans la situation, maintenant que j'y repense ! Car il faut bien dire que jusqu'à présent je ne me sentais pas très fier de ce que j'avais fait là ; j'en avais plutôt honte et je n'aimais pas trop y penser. Mais qui donc se plaît à y voir clair en soi-même, qui fourre son nez volontiers dans son propre linge sale ? Seulement aujourd'hui, c'est étrange, au milieu de vous, chers amis, dans ce climat de réelle compréhension, la honte me quitte et me paraît vaine, ridicule. Quelle merveille ! je me sens compris et voilà que je commence à me comprendre moi-même, comme si j'étais en train de faire la connaissance de celui que je suis : quelqu'un que je connaissais assez mal jusqu'ici ; une vague relation ; l'agent général dans sa Studebaker, et quelque part une femme et des enfants.
— C'est avec une satisfaction profonde, dit chaleureusement le procureur qui débordait d'affection, c'est avec un

réel plaisir que nous voyons notre ami s'ouvrir aux premières lumières. Aidons-le donc, assistons-le jusqu'à ce qu'il y voie complètement clair. Fouillons un peu ses mobiles, suivons-les à la trace comme de joyeux archéologues sur la piste, et nous ne tarderons pas à tirer des splendeurs au jour, à mettre à nu le crime caché. Il vient donc de nouer sa petite intrigue avec Mme Gygax. Mais comment cela s'est-il fait ? Nous nous devons, messieurs, d'imaginer la scène : il voit la délicieuse petite femme, disons que c'est en fin d'après-midi, un soir d'hiver, sur les six heures. (Traps : Sept heures, exactement, cher Kurt ; sept heures !) La ville a déjà pris son visage nocturne sous l'éclat doré des réverbères, avec le chatoiement des vitrines illuminées et l'éclat jaune et vert des enseignes de cinéma. C'est l'heure des tentations, l'heure des intimités voluptueuses et des excitations secrètes. Enfilant les artères luisantes au volant de sa Citroën, il a gagné le quartier résidentiel qu'habite son patron. (Traps ne peut retenir un cri d'admiration : «Le quartier résidentiel, c'est le mot juste !») Il apporte avec lui sa serviette bourrée de commandes et d'échantillons ; ils ont quelque chose à discuter, une importante décision à prendre. Mais la conduite intérieure de Gygax n'est pas rangée au bord du trottoir. Il ne la voit pas à son stationnement habituel. Néanmoins, il traverse le jardin obscur et va sonner à la porte, et c'est Mme Gygax qui vient ouvrir : son mari ne doit pas rentrer ce soir et la bonne est de sortie. Bien qu'elle ne soit pas habillée pour recevoir — elle est en robe de chambre, ou plutôt non : en léger peignoir —, elle insiste pour faire entrer le visiteur : il acceptera bien un apéritif ? Elle est aimable ; il ne peut refuser. Et les voilà en tête-à-tête au salon.»

Traps en était éberlué : «Kurt, ma vieille branche, comment fais-tu pour savoir tout cela ? Tu es sorcier, ma parole !

— Affaire d'habitude, laissa tomber le procureur. Les vies se ressemblent toutes. De vraie passion, il n'y en eut pas plus du côté de Traps que du côté de la femme : l'occasion seulement, qu'il ne fallait pas laisser passer. Elle s'ennuyait ; elle était seule. Elle n'avait dans l'idée que de se distraire un peu, et elle était heureuse d'avoir quelqu'un à qui parler. On était bien dans cet appartement douillet. Sous son peignoir à grandes fleurs, elle était en vêtement de nuit. Traps, tout près d'elle, plongeait son regard dans le blanc décolleté et caressait des yeux la charmante poitrine, cependant qu'elle parlait avec colère contre son mari (mais il y avait en elle plus de dépit que de colère, à ce qu'il crut deviner) ; et c'est alors que l'idée lui vint de faire sa conquête, à l'ami Traps, alors qu'il avait déjà partie gagnée. Et c'est encore à ce moment-là qu'il a tout appris sur Gygax : les précautions qu'il avait à prendre avec sa santé, la moindre émotion pouvant lui être fatale, et aussi l'âge réel qu'il avait, ses façons de gros rustre avec sa femme et cet orgueil féroce, qui lui interdisait de douter un seul instant de la vertu indiscutable de son épouse. Parce qu'on apprend tout, messieurs, d'une femme décidée à tirer vengeance de son mari. Et ce qui eût pu n'être rien de plus qu'une simple aventure sentimentale devint donc une véritable liaison, car il entrait désormais dans les intentions de Traps de flanquer à n'importe quel prix son patron par terre, de l'abattre sans hésiter sur le choix des moyens. Il s'était vu dans un éclair toucher au moment qu'il avait souhaité le plus, le moment où il aurait tout en main à la fois : fournisseurs et clients dans le domaine diurne des affaires ; et dans la nuit, nue dans ses bras, la douce et tendre épouse de son patron. Il lui avait tout pris. Et il ne lui reste plus, maintenant, qu'à serrer sur son cou le nœud coulant si bien préparé, c'est-à-dire à provoquer le scandale. Intentionnellement.

«Ici encore, messieurs, il nous est facile d'évoquer la scène. Nous l'avons presque sous les yeux : c'est le soir de nouveau ; la nuit propice aux confidences vient de tomber sur la journée finie. Voilà nos deux amis dans un quelconque restaurant, ou plus exactement attablés dans une de ces tavernes de la vieille ville, à l'atmosphère très vieille-Suisse, une cave à la mode d'autrefois avec son pittoresque parfaitement authentique, traditionnellement national, tout en vrai, en massif, en solide, — comme les prix d'ailleurs ! (Traps : «C'était à la taverne de l'Hôtel-de-Ville, ma vieille branche !») Les fenêtres sont faites de culs de bouteille ; les boiseries de chêne patiné. Le patron — excusez-moi ! c'est une patronne ici — trône avec une majesté cossue, auréolée, dirait-on, par les portraits au mur des habitués défunts. Un crieur de journaux est entré dans la salle avec les éditions du soir, puis il est reparti ; des membres de l'armée du Salut entrent à leur tour et entonnent un cantique : *Laissez le soleil entrer !* Il y a quelques étudiants, un professeur ; et sur une table de coin, deux verres avec une bonne bouteille (on ne se refuse rien !). Voilà enfin notre personnage gros et gras, le col ouvert, la peau moite, intrigué par l'invitation de Traps et se demandant où il veut en venir. Tout aussi apoplectique que la victime dont il va être question, l'ami de Gygax écoute à deux oreilles les confidences de Traps. Maintenant, il sait ; il est au courant de l'adultère ; il a appris la chose de la bouche même de l'amant et il ne va rien avoir de plus pressé, comme il se doit — et comme aussi l'avait prévu notre cher Alfredo — que de courir avertir le malheureux patron de son infortune. L'amitié, le devoir, la respectabilité le lui commandent. Et quelques heures plus tard ce sera fait.

— L'hypocrite !» lança Traps, qui avait écouté les yeux ronds, le regard brillant et comme fasciné, la description faite par le procureur, sentant monter en lui la joie de découvrir à mesure la vérité, sa vérité à lui, son orgueilleuse, son audacieuse, sa précieuse et unique vérité personnelle.

Et l'exposé reprit :

«L'heure fatale arriva donc, exactement à l'instant voulu, où Gygax fut au courant de tout. Il fut encore capable, à ce que nous pouvons penser, de regagner son domicile en voiture, la colère bouillonnant en lui, les mains tremblantes, la vue un peu brouillée, le corps baigné d'une mauvaise sueur, avec de lancinantes douleurs dans la région du cœur ; des agents sifflent, s'impatientent au passage de ce maladroit. Puis c'est une déambulation pénible pour aller du garage à l'entrée de la maison, où il s'écroule. Déjà peut-être était-il parvenu dans l'entrée, où arrivait à sa rencontre la délicieuse petite femme, son épouse. Mais il n'en aura plus pour longtemps. Le médecin appelé à son chevet lui fait de la morphine et c'est la fin : un dernier sursaut, un faible râle, couvert déjà par les sanglots de l'épouse. Chez lui, au milieu des siens, Traps décroche le téléphone : il est bouleversé sous le choc, mais il jubile en secret, se félicite intérieurement des perspectives désormais grandes ouvertes. Trois mois plus tard, c'est la Studebaker.»

Un éclat de rire général accueillit cette dernière touche et Traps lui-même s'y laissa entraîner, ce bon Traps qui était allé de surprise en surprise et qui se sentait un peu interloqué, passait des doigts hésitants dans ses cheveux en adressant des signes approbateurs à l'auteur de ce magistral exposé, incapable de trouver au fond de lui-même la moindre trace d'un quelconque mécontentement. Il jouissait par-dessus tout de sa parfaite satisfaction ; il débordait de bonne humeur ; il se sentait au suprême degré ravi d'une soirée incomparablement réussie, encore que l'imputation d'un assassinat le troublât un peu, il faut bien le dire. Mais ce sentiment avait encore quelque chose de délicieux, de capiteux, dans la mesure où il éveillait en lui tout un brassage de choses sublimes et d'étonnantes pensées sur l'idée de la justice, le sens de la culpabilité et de l'expiation, la notion du rachat. Le brusque effroi qu'il avait connu d'abord dans le

LA PANNE

jardin, puis tout à l'heure encore quand avait explosé le délire de joie de la tablée, cette sorte de panique de tout son être lui semblait à présent dénuée de raison, risible même, réjouissante. Si humain, cela ! Il avait hâte de connaître la suite...

On passa au salon pour le café : une pièce surchargée de bibelots et de vases, où l'on arriva à pas plus qu'incertains, avec l'avocat de la défense qui vacillait, lui, à grandes embardées. Les murs s'ornaient de gravures énormes : vues de cités et sujets historiques, le Serment du Grütli, la victoire des Bernois sur les Autrichiens à Laupen en 1339, le massacre des Suisses de la Garde, les Sept Justes et leur petit drapeau. Un plafond à lourdes moulures ; un piano à queue dans un coin. De confortables et profonds fauteuils aux dossiers protégés par des broderies qui déroulent des versets bibliques ou des sentences morales : «Heureux celui qui marche selon les voies de la Justice», «Une conscience pure est le plus doux des oreillers». Les croisées ouvertes donnaient sur la route, qu'on devinait plus qu'on ne la voyait dans les ténèbres, et qui surgissait comme magiquement sous le pinceau des phares de très rares voitures (car il était deux heures du matin) disparues aussitôt, laissant la nuit plus fabuleusement noire.

Traps déclara n'avoir jamais entendu rien de plus exaltant, de plus enthousiasmant que le discours que venait de prononcer l'ami Kurt. Il ne voyait personnellement rien à y reprendre pour l'essentiel, et les petites rectifications qu'il se croyait tenu de faire ne touchaient que des points de détail, oui, des faits absolument secondaires. L'ami d'affaires, par exemple, était un homme de petite taille et plutôt maigre, la peau sèche, portant col dur. Quant à Mme Gygax, ce n'était pas à proprement parler dans un peignoir qu'elle l'avait reçu, mais dans un kimono, naturellement assez généreusement ouvert pour qu'on ne pût, décemment, le laisser en si bon chemin, — s'il pouvait se permettre de risquer ce modeste trait, que lui avait dicté sa bonne humeur. Il devait préciser aussi que cette super-canaille de Gygax avait été frappée d'apoplexie (et laissez-moi vous dire qu'il ne l'avait pas volée, cette attaque!) non pas en rentrant chez lui, mais dans ses magasins de dépôt, alors que le foehn faisait rage. C'est après son transport à l'hôpital que le cœur a claqué et amen. Ce n'étaient là que des détails sans aucune importance, comme il l'avait déjà dit, et il tenait à honneur de confirmer la merveilleuse exactitude et la pénétrante véracité de son grand et intime ami le procureur dans son remarquable exposé, car vraiment, oui, il n'avait entamé son aventure avec Mme Gygax que pour mieux porter atteinte au vieux bandit. Il en était sûr maintenant : oui, oui, il se rappelait très bien, alors qu'il était dans *son* lit, auprès de *son* épouse, avoir levé les yeux sur *sa* photo, fixant ce gros visage antipathique au regard bovin derrière les lunettes d'écaille, pénétré soudain d'une joie sauvage à l'idée que ce qu'il faisait en ce moment avec autant d'ardeur que de plaisir poignarderait son patron positivement. Ce dernier coup, ce coup qui allait l'achever, il le lui avait porté de sang-froid.

Les profonds fauteuils aux dossiers sentencieux avaient accueilli toute la compagnie dans le moment que Traps parlait de la sorte ; le café avait été servi, fumant dans les petites tasses où tintaient les cuillers d'argent, et les dîneurs dégustaient en même temps, dans de grosses tulipes ventrues qu'ils échauffaient dans leurs paumes, un cognac de 1893, un Roffignac.

«Je formulerai donc là-dessus mon réquisitoire et j'en aurai fini», prononça le procureur enfoncé de guingois dans un énorme fauteuil Voltaire, les jambes passées par dessus l'accoudoir, avec son pantalon relevé qui laissait apercevoir les chaussettes dissemblables, une verte, et l'autre à petits carreaux noirs et gris. «Notre ami Alfredo n'a pas agi *dolo indi-*

recto et il ne s'agit point ici d'une mort occasionnelle, survenue de façon imprévue. Il est coupable *dolo malo,* et la préméditation déjà nettement établie par les faits, ressortira plus particulièrement et démonstrativement : d'une part parce qu'il a délibérément provoqué lui-même le scandale et porté volontairement à la connaissance de l'époux ses rapports intimes avec l'épouse ; d'autre part parce qu'il a cessé de faire visite à cette délicieuse petite femme après la mort du gros gangster, ce qui nous permet de conclure qu'elle n'entra dans ses plans meurtriers que comme un instrument de meurtre, l'arme galante de cet assassinat, si j'ose m'exprimer ainsi. Pour avoir été perpétré de manière toute psychologique, le meurtre n'en est pas moins un meurtre, bien que, du strict point de vue légal, nous ne puissions rien retenir de plus qu'un adultère. Du moins en apparence, messieurs, et seulement en apparence, nous le savons depuis que ces premières apparences ont été dissipées comme l'illusion qu'elles étaient, et surtout après les aveux que l'accusé très-cher a bien voulu nous faire. Comme avocat général, j'aurai donc l'honneur et le plaisir, au terme de cet examen légitime, au mieux de mon estime et au plus haut de mon appréciation, oui, j'ai vraiment le grand plaisir de requérir du très-honorable juge suprême la peine de mort pour Alfredo Traps, afin que trouve sa digne récompense un crime qui a fait notre étonnement et qui appelle notre admiration et notre respect : un meurtre, messieurs, que nous pouvons à juste titre considérer comme l'un des plus extraordinaires du siècle.»

Applaudissements et rires saluèrent la péroraison, qui coïncidait avec l'entrée au salon d'une superbe pâtisserie apportée par Simone, «le couronnement de la soirée» comme elle l'affirma. L'attention de tous se tourna vers le gâteau.

Dehors, comme pour un décor, montait dans le ciel le mince croissant d'une lune tardive ; un froissement léger bruissait dans les grands arbres et tout était silence, si l'on excepte le passage de plus en plus rare de quelque auto sur la route, ou le bruit irrégulier des pas de quelque noctambule éméché rentrant chez soi.

Traps se sentait bien, enfoncé dans un moelleux canapé à côté de Pilet (O ma chère maison, mon nid, mon gîte... portait le dossier) et cette présence faisait déborder son cœur, lui donnait une sensation redoublée de confort, de sécurité, d'intimité chaleureuse. Il avait passé son bras sur les épaules du taciturne compagnon, enchanté lui-même et qui laissait échapper, de temps à autre, une simple exclamation où explosait tout son ravissement : «Fameux !» disait-il à mi-voix, en faisant siffler un F immense et plein d'emphase. L'agent général se serrait avec émotion sur lui, appuyait tendrement sa joue contre la joue de Pilet, aimait son élégance calamistrée, se fondait tout entier dans un élan de pure cordialité. Appesanti et pacifié par le vin, il goûtait comme une volupté le plaisir d'être ce qu'il était, dans cette société infiniment compréhensive, d'être vraiment soi-même et sans mensonge, sans plus rien à cacher, sans secret — à quoi bon les secrets ? — et de se savoir estimé, honoré, compris, aimé. Il se faisait de plus en plus a l'idée d'avoir commis un meurtre, l'accueillait avec une conviction et une émotion croissantes, un sentiment grandissant de fierté : toute sa vie en était changée, y trouvait un accent, un relief, un sens nouveaux et lui apparaissait soudain plus grave, plus complexe, plus héroïque aussi et plus précieuse. Un élan d'enthousiasme le soulevait, tandis qu'il se persuadait intimement avoir commis cet assassinat, l'avoir conçu, préparé et exécuté, non pas seulement pour arriver sur le plan professionnel, pour améliorer sa situation financière en quelque sorte ou pour réaliser son désir de posséder une Studebaker, mais bien pour se perfectionner soi-même — tout était là en vérité ! — pour devenir plus essentiellement un homme, pour se sentir exister profondément comme c'était le cas maintenant, à l'extrême limite de ses propres facultés, et se voir digne de l'attention, de l'admiration et de l'amour d'hommes aussi cultivés que ceux qu'il avait autour de lui (oui, même Pilet!): ces dignes et grandioses personnages qui lui faisaient l'effet, à présent, d'être quelque chose comme ces mages souverains du plus lointain passé, qui tenaient leur puissance (à ce qu'il lui souvenait avoir lu dans le *Reader's Digest,* un jour) du fait qu'ils connaissaient le mystère des astres, certes, mais aussi le secret, mais surtout le secret des mystères plus sublimes encore de la Justice. Ah! que ce mot était donc enivrant! Comme il s'y complaisait, lui qui ne l'avait jamais conçu, dans les étroites limites de sa branche et de son expérience, que comme une odieuse chicane abstraite, et qui le voyait maintenant se lever comme un soleil immense et rayonnant, comme un prodige éblouissant et incompréhensible au-dessus de son petit horizon personnel : idée sublime et grandiose, difficile même à concevoir, et qui n'en était que plus impressionnante, plus souveraine, plus splendide!

Aussi quelles ne furent pas sa surprise, tout d'abord, puis son indignation toujours accrue et sa consternation même, lorsqu'il entendit, non sans déguster à petites gorgées le cognac ambré, son gros défenseur développer sa thèse et s'efforcer par tous les moyens de ramener son acte aux proportions les plus mesquines, de le limiter, de le réduire, de l'enfermer dans le plus sordide quotidien!

En tant qu'avocat, il avait beaucoup apprécié la puissance d'imagination et la richesse d'invention dont avait fait preuve M. le Procureur dans son plaidoyer, avait commencé le gros Kummer en ôtant son pince-nez de l'énorme et informe éperon violacé qui lui bourgeonnait au milieu du visage. A petits gestes précieux et précis, froids et géométriques, le défenseur poursuivit sa démonstration. Oui certes, ce gangster de Gygax était mort, et la défense ne contestait pas que son client ait pu avoir à se plaindre de lui au point de s'y enrager, de nourrir à son endroit un réel sentiment d'hostilité, de mettre tout en œuvre pour renverser cet obstacle. Soit ! Mais n'était-ce pas monnaie courante dans les affaires ? Et quoi de plus normal, pour ne pas dire de plus légitime ? Prétendre voir un meurtre dans le décès naturel d'un vieil homme cardiaque, accablé de travail et de soucis, voilà qui tenait purement et simplement du fantastique !

Traps en tombait des nues et coupa :

«Mais c'est bien moi qui l'ai tué, pourtant !»

Négligeant cette interruption, l'avocat continuait d'affirmer qu'à l'inverse du procureur, non seulement il tenait l'accusé pour innocent de ce crime, mais comme incapable d'un crime pareil.

Et Traps, qui se sentait déjà la moutarde au nez, d'interrompre à nouveau :

«Mais je n'en suis pas moins coupable ! Coupable, entendez-vous ?

— En réalité, poursuivait imperturbablement l'avocat de la défense, la vie de M. l'agent général et représentant exclusif du tissu synthétique Héphaïstos se pose comme un exemple pour le plus grand nombre. Et quand je dis qu'on ne peut lui imputer la culpabilité de ce crime, parce qu'il en est incapable, je n'entends nullement prétendre à son innocence intégrale et immaculée. Que non pas ! L'accusé s'est rendu responsable d'une foule de délits, bien au contraire : tous les crimes dont il était capable, il les a commis ; et l'adultère, au premier chef, et le recours à des procédés équivoques, malhonnêtes, franchement répréhensibles parfois, et non dénués d'une certaine malignité que nous ne nous ferons pas faute de reconnaître. Mais sa vie, messieurs, sa vie est loin de n'être faite que de cela ! Sa vie entière ne consiste pas exclusivement en malhonnêtetés équivoques et en adultères caractérisés, n'est pas tissée uniquement de fils coupables. Voyez vous-mêmes ce qu'elle offre de positif, de constructif, de vertueux ! Car notre ami Alfredo a su se montrer constant dans l'effort, infatigable même et d'un courage à toute épreuve, fidèle à ses amis, s'acharnant à conquérir pour ses enfants un avenir meilleur et manifestant, sur le plan politique et national, un sentiment convenable de ses responsabilités civiques. Sans vouloir insister sur le détail et à ne considérer que l'ensemble, il y a là un tout à retenir, messieurs, un ensemble de qualités foncières sur lequel viennent trancher ses irrégularités : une base initiale d'honnêteté, qu'il a peut-être faussée par ses incorrections, qu'il a peut-être même sérieusement endommagée par ses écarts de conscience, admettons-le. Mais n'est-ce pas le cas, n'est-ce pas justement le propre, la marque, le signe même de la médiocrité ? Et c'est pourquoi, je le répète, il reste absolument incapable d'un acte aussi caractéristiquement, aussi exclusivement, aussi décidément mauvais que ce crime insigne, ce meurtre à l'état pur, cette manière de chef-d'œuvre unique dans le Mal, dont il serait absurde de lui faire endosser la géniale responsabilité.

— Mais c'est de la diffamation, de la diffamation pure et simple ! protesta Traps comme l'avocat reprenait souffle.

— Qui voudrait voir en lui un criminel, alors que nous avons affaire à un produit de l'époque, à une véritable victime de cette civilisation occidentale, hélas ! qui va s'égarant toujours plus loin de la foi, loin du christianisme, du bien commun (mimique et voix progressivement pathétiques et sombres) incapable d'offrir, dans son désordre chaotique, la moindre lumière apte à guider ceux qui s'égarent, la malheureuse humanité abandonnée à elle-même, les pauvres individus sans soutien qui tombent inévitablement dans l'immoralité, appliquent la loi du plus fort, se battent et se débattent dans les ténèbres d'un perpétuel vertige maléfique et sauvage ?

«Mais à ce malheureux ; à ce pauvre être sans secours, que lui advient-il à présent ? Lui, cet homme moyen, ce médiocre personnage, au moment qu'il s'y attend le moins, le voilà pris en main par un procureur subtilement habile, un esprit raffiné entre tous, qui vous le tourne et le retourne, creuse et démonte, analyse et explique, éclaire, réunit de façon cohérente des faits isolés, des actes instinctifs et des réactions spontanées dans le domaine de son activité professionnelle rapproche des éléments distincts de sa vie privée, allie des sentiments supposés ou des valeurs inconscientes, dissèque chacune des circonstances et des aventures d'une malheureuse existence faite surtout de perpétuels voyages, d'une perpétuelle lutte pour le pain quotidien à peine piquetée, ici ou là, de petites satisfactions dérisoires et de plaisirs relativement sans conséquence ! Et cela, dûment réorganisé, logiquement articulé, on nous le représente, messieurs, comme un tout bien évident, cohérent, découvrant des mobiles dans des actes purement fortuits et qui eussent fort bien pu se produire d'une autre manière, transformant, par la vertu interne de cet enchaînement singulier, transformant les données du hasard en intentions délibérées, le circonstanciel en déterminant, et une simple étourderie en un acte de claire volonté, de telle sorte qu'en un tournemain, pour finir, on vous fait surgir un assassin de l'interrogatoire, exactement comme le prestidigitateur vous tire un lapin de son chapeau.

— Ce n'est pas vrai ! affirme Traps.

— Prenons le cas de Gygax et considérons-le objectivement et froidement, sans nous laisser prendre aux mystifications du procureur. A quelles conclusions aboutissons-nous ? Ce vieux gangster ne s'est que trop bien préparé lui-même sa mort par les effets directs de sa vie agitée et irrégulière sur sa constitution. Le mal dont souffrent les patrons, on le connaît et l'on sait d'où il vient : inquiétude et nervosité, surmenage, tension perpétuelle, discorde dans le ménage. Quant à l'attaque elle-même, c'est le foehn qui l'a déclenchée, comme mention en a été faite par Traps : nous savons, en effet, quel rôle fatal jouent ce vent chaud et ses tempêtes dans les maladies de cœur. Si bien que nous nous trouvons sans conteste devant un simple coup du sort, un accident normal si je puis dire.

— Ridicule ! siffle Traps.

— Naturellement, ce n'est pas moi qui viendrai prétendre que les scrupules aient beaucoup retenu mon client dans sa façon d'agir, certes non ! Mais ce que je prétends, par contre, c'est qu'en se montrant sous ce jour implacable, il n'a fait que se conformer lui-même — et d'ailleurs ne l'a-t-il pas reconnu avec insistance ? — aux mœurs féroces du milieu des affaires. Je ne dis pas qu'il n'eût pas volontiers aimé voir son patron mort à ses pieds, et à maintes reprises ; je ne dis pas qu'il n'ait pas désiré en maintes occasions le tuer de ses propres mains. Mais à qui cela n'est-il pas arrivé, je vous le demande, et que ne fait-on pas en pensée ? Ce que je dis, par contre, c'est que de crime, il n'y en a pas trace en dehors de ces mondes imaginaires ; que de meurtre, il n'en existe pas d'autre que dans l'univers des souhaits ! Et je défie quiconque d'apporter la moindre preuve tangible du contraire. Le supposer seulement est absurde, tout le monde l'admettra ; mais l'absurdité des absurdités n'est-elle pas de voir mon client lui-même s'imaginer à présent avoir commis ce meurtre, se sentir brusquement dans la peau d'un assassin ? Il faut croire, messieurs, que les petits malheurs de ce bon M. Traps ne se sont pas bornés à la seule panne de voiture qui l'a amené parmi nous, puisque nous constatons maintenant que sa raison, elle aussi, est tombée en panne ! Je n'insisterai donc pas. Qu'il me suffise, à moi qui suis son défenseur, de demander au tribunal l'acquittement pur et simple d'Alfredo Traps.»

LA PANNE

Un supplice. Ce fut un vrai supplice pour l'agent général que cette manière d'escamoter avec bonhomie son beau crime, de le noyer comme dans un brouillard à force de bienveillance et de l'y perdre de vue, d'en faire une ombre vague, un fantôme, un néant, pour le réduire à n'être plus qu'un incident météorologique, une affaire de pression barométrique ! C'était indigne. Il se sentait lésé. Et ce fut à peine s'il put attendre les derniers mots de cette plaidoirie pour se lever et protester.

Debout, son assiette avec un nouveau morceau de gâteau dans la main droite, son verre de Roffignac dans la gauche, il déclara avec impatience qu'il tenait à réaffirmer, avant la sentence, («et cela avec la dernière insistance !» précisa-t-il les larmes aux yeux) combien il se trouvait d'accord avec ce qu'avait dit le procureur. Oui, il était un meurtrier, un authentique assassin, et c'était bien d'un meurtre qualifié, qu'il s'agissait, la chose lui était devenue claire à présent. Il s'en rendait parfaitement compte, oui. Car ce que venait de dire son défenseur l'avait laissé tout pantois, terriblement déçu, oui, et par celui justement de qui il était le plus en droit d'attendre intelligence et compréhension ! Et s'il demandait maintenant au tribunal d'être non pas seulement jugé, mais condamné comme tel, il n'y avait là nulle bassesse de sa part, mais un haut enthousiasme, au contraire, parce qu'il avait compris pour la première fois ce soir ce que c'était qu'une existence *véritable,* ce que c'était que de vivre *vraiment* sa vie (le brave Traps s'embrouillait quelque peu à ce niveau) à laquelle les notions sublimes de la Justice, de la Faute et de l'Expiation, sont aussi indispensables que le sont les corps et les réactions chimiques pour la fabrication d'un tissu artificiel comme celui qu'il vendait, — si l'on voulait rester dans sa partie : une révélation pour lui, en tout cas, qui venait de le faire naître à nouveau. Qu'on l'excuse, mais son éloquence était plus que réduite en dehors de sa profession, comme on pouvait le voir, et il arrivait à peine à exprimer ce qu'il voulait dire ; néanmoins, cette idée de naissance nouvelle lui paraissait convenable et juste pour exprimer l'ouragan de bonheur dont il avait été saisi, pénétré, bouleversé de fond en comble.

Bon. Il ne restait donc plus qu'à prononcer le jugement, ainsi que s'efforça de le déclarer le petit juge, du fond de son ivresse, salué aussitôt par une tempête de cris et de rires, d'exclamations et de chansons (le taciturne Pilet s'essaya même à lancer une tyrolienne). Cela n'alla pas sans mal, car non seulement, pour ce faire, le petit juge s'était hissé sur le piano, ou plus exactement dans le piano qu'il avait préalablement ouvert, mais sa langue, fort embarrassée, se trouvait prise ici et là dans mille pièges. Il achoppait sur les mots, prenait les uns pour les autres malgré lui, les télescopait, tronquait ceux-ci, mutilait ceux-là ; les phrases qu'il avait commencées lui échappaient à mesure, et pour les besoins de la cause, il les reliait à d'autres, dont il avait complètement oublié le sens. Et pourtant, en gros, on pouvait cependant suivre le fil de sa pensée.

Il avait pris comme point de départ la question de savoir qui des deux, du procureur ou du défenseur, avait raison : Traps était-il un criminel exceptionnel, l'auteur d'un des meurtres les plus extraordinaires du siècle, ou bien était-il innocent ? Ni l'un, ni l'autre, à vrai dire, car pas plus qu'il n'avait pu se laisser entraîner par les conclusions de l'accusation, il n'avait été convaincu par celles de la défense. Traps, à coup sûr, avait été débordé par l'interrogatoire : il n'était pas de taille, comme l'avait constaté l'avocat ; et le procureur avait réussi à arracher à l'accusé l'aveu et la confirmation de bien des choses qui ne s'étaient, en fait, jamais présentées sous ce jour et n'avaient jamais eu, dans la réalité, le sens qu'il leur donnait. Mais il n'en avait pas moins assassiné. Avec la préméditation diabolique qu'on lui avait supposée ?

LA PANNE

Non, non, certainement pas ! Mais par le simple fait que son éthique personnelle ne se distinguait en aucune manière de la terrible inconséquence, de l'immoralité du monde au sein duquel il vivait, en tant qu'agent général des textiles synthétiques Héphaïstos, tout simplement. Il avait tué parce qu'il trouvait naturel d'acculer son semblable sans égards ni pitié, de se pousser en avant sans la moindre retenue, d'écraser le prochain autant que faire se peut, bref, de suivre en tout et pour tout cette ligne de conduite implacable et brutale, advienne que pourra ! Or dans ce monde qui lui est propre, ce monde qu'il ne cesse de parcourir dans sa Studebaker, à toute vitesse, il ne serait absolument rien arrivé à notre cher Alfredo, il ne pouvait absolument rien lui arriver, la chose est sûre, s'il ne nous avait pas fait la grâce, s'il n'avait pas eu l'amabilité d'accepter notre invitation, s'il n'avait pas daigné venir nous rejoindre dans notre villa blanche et tranquille... (L'émotion et les larmes du petit juge noyèrent alors le reste de son discours dans un pathos nébuleux, ponctué seulement de temps à autre d'un solide éternuement qui enfouissait sa tête menue dans le déploiement d'un énorme mouchoir, sous les rires toujours accrus de l'assemblée.) ... S'il n'avait pas consenti à partager la compagnie de quatre vieux bonshommes, oui, oui, quatre vieillards qui avaient fait éclater soudain, projeté sur son monde, la lumière révélatrice, le faisceau éblouissant de la pure Justice... Une Justice qui revêtait peut-être un étrange aspect, qui avait curieuse apparence, il le savait, il ne l'ignorait pas, bien sûr, il le reconnaissait distribuée qu'elle était entre quatre visages ravagés par le temps et par l'âge, jouant sur les reflets jetés par le monocle d'un procureur chenu et le lorgnon d'un défenseur gros et ventru, passant par la bouche édentée d'un vieux juge aux trois quarts ivre et qui commençait à s'embrouiller pas mal, hi ! hi ! rougeoyant pour finir sur la luisante calvitie d'un bourreau émérite (cri général des autres, impatientés par ce lyrisme : la sentence ! la sentence ! le jugement !) ... Une Justice grotesque, fantasque, à la retraite (Ju-ge-ment ! Ju-gement ! scande l'auditoire) mais qui n'en est pas moins la Justice, au nom de laquelle le très-cher Alfredo est condamné, à présent, à la peine de mort...

(Acclamations, hourras et bravos lancés par le procureur, l'avocat, le bourreau et Simone, cependant que Traps, pantelant d'émotion, sanglotait un : «Merci, cher juge, oh ! merci !»)

«... Condamnation fondée, juridiquement parlant, uniquement sur le fait que l'accusé s'est lui-même reconnu coupable ; ce qui est, en définitive, la chose capitale. Je me réjouirai, quant à moi, d'avoir prononcé une sentence si pleinement admise et reconnue sans nulle restriction par l'accusé ; demander grâce est incompatible avec la dignité humaine, et c'est aussi pourquoi notre excellent ami et commensal prendra plaisir à recevoir la couronne de son crime, le couronnement de son acte, dans des circonstances dont le déroulement, j'ose l'espérer, lui aura procuré autant d'agrément et de satisfaction que le crime lui-même. Car le petit bourgeois, l'homme moyen limité aux seules apparences n'aurait rien su voir d'autre, ici, qu'un quelconque accident, un simple fait du hasard, ou tout au plus une fatalité naturelle, un incident médical, l'engorgement d'un vaisseau sanguin par un caillot, une malencontreuse tumeur maligne, une embolie ; mais à le faire ressortir sur le plan moral, dans l'enchaînement profond des effets et des conséquences, on redonne à la vie son sens plein, sa valeur de chef-d'œuvre, son mystère ; on pénètre dans la tragédie où tout le tragique humain se fait jour, se dégage des ombres, monte en pleine lumière, prend forme, prend son sens pur, se dessine, se parfait, s'accomplit sous nos yeux... (Conclusion ! conclusion ! réclame l'auditoire.) Oui, c'est alors, et c'est là seulement, lorsque l'épée de la Justice frappe comme pour l'accolée qui fait le chevalier, par le verdict qui fait un condamné du coupable, oui, c'est avec la sentence seulement que le geste de la Justice prend sa signification véritable. Et quoi de plus haut, de plus noble, de plus grandiose que la condamnation d'un homme à mort ? Nous avons vécu cette veillée d'armes ; nous venons d'accomplir le geste sacramentel ; et voilà Traps, cet heureux gaillard — dont la chance n'est peut-être pas aussi parfaite qu'on eût pu le lui souhaiter, puisque sa condamnation à mort reste à tout prendre affaire de principe (mais je veux l'oublier ici, car il m'en coûterait de décevoir à présent notre ami très cher) — voilà donc cet heureux élu notre Alfredo, devenu maintenant notre égal et notre pair, digne désormais de figurer parmi nous comme un champion, comme un maître... »

Mais les autres ont couvert sa voix pour réclamer le champagne maintenant : le champagne ! le champagne ! Et le petit juge a fini par se taire.

La soirée entrait dans son apothéose. Le champagne pétillait dans les coupes, et la liesse de l'assistance ne connut plus de bornes, vacillant dans une ivresse de fraternité, de cordialité, serrant l'assistance entière dans les nœuds d'une sympathie chaleureuse qui ne faisait exception de personne. Le défenseur lui-même était redevenu un frère entre les frères. Les bougies avaient brûlé presque jusqu'au bout, certaines même s'étaient déjà éteintes. Dehors montait comme un premier pressentiment de l'aube avec une brise plus fraîche, de la rosée ; les étoiles pâlissaient au ciel et là-bas, tout là-bas, on croyait deviner le prochain lever du soleil.

A bout d'enthousiasme et de forces, exalté et assommé tout à la fois, Traps demanda à regagner sa chambre et entreprit de laborieux adieux, roulant de bras en bras et vacillant d'une poitrine sur l'autre. Le salon bourdonnait d'une ivresse verbeuse, hoquetante, où chacun continuait à tenir ses discours confus d'ivrogne, incapable désormais d'écouter ce que disaient les autres. Des gesticulations grandiloquentes ; des haleines lourdes de vin et de fromage. Ils traitèrent l'agent général avec d'innombrables démonstrations affectueuses, comme un enfant entouré d'oncles et de grands-pères, s'attendrissant sur son bonheur et sa fatigue, lui tapotant les joues, lui ébouriffant les cheveux, l'embrassant, lui faisant mille caresses. Le taciturne vieillard à tête chauve tint à l'accompagner jusqu'au premier.

Les voilà donc partis, l'un soutenant l'autre, à se hisser péniblement dans l'escalier, bientôt à quatre pattes et peu après complètement affalés sur les marches, à mi-hauteur, incapables de pousser plus loin. Sur le palier, par la fenêtre, entrait la lueur minérale du crépuscule matinal qui semblait se confondre, indistincte, avec le blanc des murs crépis ; les premiers bruits du jour, au dehors, l'aigre sifflet d'une locomotive, le heurt des wagons en manœuvre dans la petite gare, remuèrent vaguement en Traps le souvenir du train qu'il avait failli prendre pour rentrer chez lui. Un rare bonheur était en lui, tous désirs comblés, un sentiment de plénitude que sa petite vie bourgeoise avait toujours ignoré jusque-là. De vagues images passaient en lui : le visage imprécis d'un enfant, son fils cadet sans doute, celui qu'il préférait, puis, de plus en plus confusément, des aspects de ce petit village où l'avait arrêté sa panne, le ruban clair de la route escaladant la côte, l'église au sommet de la butte, le vieux chêne colossal avec ses anneaux de fer et ses étais, la pente boisée des coteaux et au-dessus, derrière, partout, le ciel immense avec sa lumière, l'infini. Et voilà que le chauve s'abandonnait tout à fait en bredouillant vaguement «sommeil... fatigué... dormir... peux plus... » et glissait aussitôt dans un pesant sommeil, là, sur les marches, n'entendant que très vaguement Traps reprendre jusqu'à l'étage son ascension, puis, plus tard, renverser une chaise. Ce bruit l'avait à moitié tiré de ses rêves tourmentés, mais sans effacer complètement la terreur et l'angoisse de quelque horrible cauchemar. Il y eut ensuite comme un piétinement fantastique autour de lui : il dormait à nouveau, et c'étaient les autres qui montaient l'escalier à leur tour.

Réunis autour de la table, en bas, ils avaient rédigé sur parchemin, avec force gloussements et bruits divers, l'acte du jugement qui prononçait, en des termes exceptionnellement choisis, une superbe condamnation à mort ; et ils s'étaient énormément amusés à user on ne pouvait plus spirituellement du style et des tournures juridiques, des archaïsmes et du latin. Ce document établi, ils allaient maintenant le porter à l'agent général. Ils le déposeraient sur le lit du dormeur, qui aurait ainsi à son réveil ce joyeux souvenir de leur formidable beuverie.

Dehors, il faisait jour à présent, et les oiseaux avaient commencé à s'ébattre en piaillant avec impatience. L'un suivant l'autre, cramponnés l'un à l'autre dans leur ivresse, ils s'étaient donc engagés dans l'escalier, s'étaient hissés tant bien que mal, et non sans piétiner au passage leur compagnon chauve qui resta enfoncé dans son inconscience, s'étaient poussés plus haut, hésitant, vacillant, luttant héroïquement pour vaincre les difficultés presque insurmontables du tournant de l'escalier, pour parvenir, l'un après l'autre, sur le palier, et chavirer enfin le long du couloir jusque devant la porte de la chambre d'ami. Mais quand le juge eut ouvert, les trois ivrognes solennels restèrent figés sur place : dans l'embrasure de la fenêtre, noire silhouette qui se détachait sur le jeune argent du ciel et qui baignait dans le parfum des roses, Traps s'était pendu. L'absolu de la chose était si évident que le procureur, avec sa serviette nouée autour du cou et les feux du matin qui scintillaient dans son monocle, en eut le souffle coupé et dut reprendre péniblement sa respiration avant de pouvoir s'exclamer, douloureusement, tout désarmé et tout chagrin d'avoir perdu son ami :

«Alfredo, mon bon Alfredo ! Mais à quoi as-tu donc pensé, pour l'amour du Ciel ? C'est notre plus magnifique soirée que tu nous as fichue au diable !»

Première version du «Tunnel» (fin)

«Et vous ?» demanda le jeune homme. «Je suis le chef de train», répondit l'autre, «et puis j'ai toujours vécu sans espoir». «Sans espoir», répéta le jeune homme, qui était maintenant complètement couché sur la vitre du poste de commande, le visage écrasé au-dessus de l'abîme. Nous étions assis dans nos compartiments sans nous douter que tout était déjà perdu, pensa-t-il. Rien ne nous semblait encore changé mais le fossé, déjà, s'était ouvert sous nos pieds et nous voilà précipités comme la rébellion de Coré dans l'abîme. «Il faut que je retourne vers l'arrière», cria le chef de train. La panique, selon lui, avait dû éclater dans les voitures, entraînant une ruée générale vers la queue du train. «Sans doute», répondit le jeune homme, et il pensa au gros joueur d'échecs et à la jeune fille aux cheveux roux lisant son roman. Il tendit au chef de train tous les paquets d'Ormond Brasil 10 qui lui restaient. «Tenez», dit-il, «vous allez sûrement reperdre votre cigare en escaladant la machine». «Vous ne m'accompagnez pas ?», demanda le chef de train, qui s'était redressé et commençait à ramper péniblement le long du couloir. Le jeune homme regarda tous ces instruments absurdes autour de lui, ces leviers ridicules et ces commutateurs qui étincelaient comme de l'argent dans la lumière de la cabine. «Deux cent dix», dit-il. «Je ne crois pas qu'à des

ANNEXE

vitesses pareilles vous réussirez à grimper jusqu'aux wagons au-dessus de nous.» — «C'est mon devoir», cria le chef de train. «Sans doute», répondit le jeune homme, sans même gratifier d'un regard les efforts absurdes du chef de train. «Il faut que je fasse au moins mon possible», cria encore le chef de train, qui avait déjà presque atteint le bout du couloir en s'arc-boutant des coudes et des cuisses aux parois métalliques. Mais quand la locomotive, après s'être inclinée encore, piqua brusquement de l'avant pour foncer à une vitesse effroyable vers l'intérieur de la terre, vers cette fin de toutes choses, et que le chef de train resta suspendu comme dans un puits au-dessus du jeune homme, allongé lui-même tout au fond de la locomotive sur la vitre argentée de la cabine de commande, face au vide, ses forces l'abandonnèrent. Il s'abattit sur le tableau de bord et se retrouva, ruisselant de sang, à côté du jeune-homme. Et se cramponnant à ses épaules : «Que devons-nous faire ?» cria-t-il à travers le vacarme du tunnel qui déferlait sur eux, la bouche collée à l'oreille du jeune homme dont le corps, inutilement gras puisqu'il ne le protégeait plus, reposait inerte sur la vitre qui le séparait de l'abîme, de cet abîme qu'il buvait ardemment de ses yeux enfin grands ouverts : «Que devons-nous faire ?» — «Rien», répondit impitoyablement l'autre sans détourner les yeux de ce spectacle mortel, avec un rien d'enjouement fantomatique cependant, le visage parsemé des débris de verre du tableau de bord, tandis qu'on ne sait quel courant d'air envahissait brusquement la cabine (sur la vitre, une première fente venait d'apparaître) et projetait vers le haut du couloir deux tampons d'ouate: «Rien. Dieu nous a laissés tomber si bien que nous voici précipités vers lui.»

POSTFACE

Reconnu d'abord au théâtre, le génie de Dürrenmatt n'est pas moins précoce dans ses proses. Les premières déjà, connues à partir des années quarante et réunies dans *La Ville* (1952), trop peu remarquées à l'époque, frappent par l'intensité des images et la vigueur de l'écriture. Mais le succès de l'auteur dramatique et des trois romans policiers rédigés entre 1952 et 1957 à des fins selon lui alimentaires fait passer à l'arrière-plan le talent du narrateur. Il ne s'impose vraiment qu'au début des années quatre-vingts.

Dans le récit et le drame dürrenmattiens, tant les métaphores que la dialectique de la réflexion ouvrent des perspectives cosmiques. Le particulier renvoie à l'universel, les aléas de la vie individuelle apparaissent prémonitoires et ramènent au destin de la planète. Comme l'indique l'auteur lui-même dans les commentaires rédigés pour la pièce *Les Physiciens* (1962), l'histoire ne s'achève que lorsque la pensée mise en oeuvre parvient à «la pire de toutes les issues possibles». La vision évoque l'apocalypse. Mais elle s'accompagne d'un rire homérique. Poussé jusqu'au grotesque, l'humour domine: il est pour Dürrenmatt «le langage de la liberté».

Comme il le relève dans *La Mise en oeuvres*, Dürrenmatt doit à son enfance quelques expériences décisives. Il naît (le 5.1.1922) et grandit à Konolfingen, village bernois cossu où son père exerce le ministère de pasteur. Jouant sur les tombes, il vit dans une proximité naturelle avec la mort, que le travail du boucher, effectué sous le regard des enfants, lui révèle crûment. La vie paysanne, les miséreux et les ivrognes venus chercher réconfort au presbytère, les moeurs cruelles et le dénuement de certaines fermes reculées lui font connaître une réalité dure et souvent peu engageante.

L'apport culturel compte davantage. Préposée au catéchisme, la mère prête aux récits bibliques «un souffle épique». Le père, passionné de mythologie, initie avec non moins d'ardeur aux divinités de la Grèce antique. Un peintre installé dans le voisinage enseigne les rudiments du dessin et de la couleur. Et l'instituteur, astronome à ses heures, oriente l'enfant sur les planètes et les étoiles, dont les dénominations apparaissent familières puisqu'elles ramènent à la cosmogonie hellénique. De plain-pied, l'enfant accède aux domaines dont l'écrivain tire les éléments de son langage et de sa vision du monde.

A Berne, où le père est appelé en 1935, le jeune homme obtient tant bien que mal son bachot et commence à l'université de la ville puis, par intermittences, à celle de Zurich, des études décousues de littérature et de philosophie. Ses intérêts le portent vers Aristote, Platon, Kant. Allergique à Hegel et à Heidegger, il se tourne vers Kierkegaard. Avec les tragiques grecs, il lit Shakespeare et Lessing, et parmi les modernes découvre Kafka, Wedekind, et Jünger.

Dans les notes qu'il consacre à ses lectures, il manifeste un étonnant talent de synthèse. Peu assidu aux cours, il écrit, peint, dessine et se préoccupe moins d'achever ses études que de se déterminer entre la peinture et la littérature. L'acceptation de sa première pièce par le Schauspielhaus de Zurich en décide: jouée en avril 1947, elle fait scandale, mais obtient un prix littéraire. Dürrenmatt commence alors une remarquable carrière de critique dramatique, qu'il poursuit jusqu'en 1952. Sa deuxième pièce, *L'Aveugle* (1948), est donnée à Bâle où *Romulus Le Grand* remporte l'année suivante un succès qui lui donne accès aux scènes allemandes. La notoriété internationale vient avec *La Visite de la vieille dame* (1956). Par la suite, *Les Physiciens* (1962) et *Le Météore* (1966) la confirment.

A la fin des années soixante, Dürrenmatt s'essaie à la mise en scène à Bâle, donne des adaptations de Shakespeare, Goethe, Strindberg. Il est parmi les fondateurs de l'hebdomadaire zurichois *Sonntags-journal* (1969). Le relatif insuccès des pièces *Der Mitmacher* (1973), *Portrait d'une planète* (1971), *Le Délai* (1977) et *Achterloo* (1983) l'incite à privilégier la prose. En 1969 déjà, il rédige des réflexions sur le droit et la justice. Par la suite, il publie un très remarquable *Essai sur Israël* (1976), un autre sur *Einstein* (1982), un autre encore *Sur la tolérance* (1977). Dans un vaste tour d'horizon philosophique et scientifique, il tente de faire le point sur la situation de son époque.

Parallèlement, il entame dans *La Mise en oeuvres* (1981/1989) un ambitieux retour sur lui-même et son travail de créateur, évoque dans un jaillissement prodigieux sa biographie et ses ébauches littéraires, revient sur des sujets abandonnés et en tire des variations nouvelles. Sa verve et son plaisir d'écrire paraissent inépuisables. Viennent dans le même temps, sur les thèmes de la relation à la réalité et de la violence, sur le moi et le monde, deux récits d'une concision et d'une rigueur magistrales: *Minotaure* (1985) et *La Mission* (1986). Et c'est encore deux romans policiers d'une ironie abyssale, *Justice* (1985) et *Val pagaille* (1989). La mort le surprend en plein travail par un arrêt cardiaque (14.12.1990). A fin novembre encore, il prononçait à Zurich l'éloge de Václav Havel dans un discours devenu célèbre, et à Berlin celui de Gorbatchev, lauréat de la médaille de la paix commémorant le souvenir d'Otto Hahn.

POSTFACE

Le Chien

Publié en 1952 dans *La Ville*, mais rédigé vraisemblablement dans les années 1946-1947, alors que le jeune Dürrenmatt se préoccupe de problèmes existentiels et s'interroge sur le christianisme et sur l'authenticité de la foi, le récit feint la simplicité et la transparence de la parabole. Mais il entraîne peu à peu dans une réalité déroutante.

Rédigée à la première personne, dans la perspective d'un observateur d'abord distant, puis impliqué lui-même dans le cours de l'action, la narration engage le lecteur à suivre le mouvement. Le contraste entre la transparence des faits et de l'écriture et le caractère énigmatique des protagonistes, intensifié par des touches expressionnistes dans le langage des formes et des couleurs, tend à accroître son désarroi et à susciter une impression de mystère. La naïveté des péripéties et la candeur d'une imagerie enfantine ne sont pas moins singuliers. Elles concourent elles aussi à augmenter l'attrait. La lutte entre le bien et le mal, présentée avec une ingénuité qui ne craint pas de s'inspirer de la simplicité des Evangiles, captive par des développements à la fois familiers et insolites.

Flanqué d'un chien monstrueux, un riche ayant fait voeu de pauvreté prêche la vérité qu'il tire de Saint-Jean dans une ville dont les ruelles évoquent un labyrinthe. Dans le sous-sol où elle vit avec ce prédicateur et la bête, une jeune fille pure et belle accueille le narrateur et le reconnaît au sens biblique pour célébrer ses noces. Elle charge l'époux, qui a prévenu sa demande, de tuer le monstre. Mais il est trop tard: le père, qu'une angoisse subite a privé de la parole, vient d'être déchiqueté par l'animal. La jeune fille disparaît. Epuisé et sans espoir après de longues et vaines recherches, le narrateur la voit soudain, dans le bleu de la nuit, qui s'éloigne en compagnie du chien.

Dans *La Mise en oeuvres*, Dürrenmatt se souvient que peu après l'installation de la famille à Berne, il faillit être dévoré par le molosse d'un voisin, un berger allemand noir, pacifique d'ordinaire, que le garçon emmenait volontiers en promenade: pris de furie, l'animal fut abattu sur place en présence de l'adolescent ensanglanté.

Ce chien enragé revient tel un leitmotiv dans l'oeuvre picturale et littéraire de l'auteur: comme plus tard chez Peter Handke, il signifie la menace, le mal, la méchanceté du monde. Tous les personnages du récit l'affrontent. Face à lui, il leur appartient de maîtriser leur angoisse et de mettre à l'épreuve leur courage et les valeurs sur lesquelles ils se fondent: la recherche de la vérité, les convictions religieuses, l'espérance, l'amour. S'ils ne faiblissent pas, l'animal est tenu en respect. Mais sa présence reste inévitable, et l'issue incertaine: à chacun d'expliquer à sa manière l'échec du prédicateur et d'imaginer ce qu'il adviendra du narrateur et de la jeune fille.

Le Tunnel

Est-ce l'évidence de l'idée et la force de l'image, la singularité du protagoniste, la finesse et l'humour du trait, l'aisance sobre et la cohérence sans faille de l'écriture ? Peu importe: de tous les récits de Dürrenmatt, *Le Tunnel* rencontre avec *La Panne* l'écho le plus vaste et un succès jamais démenti. Rédigé en 1952 pour compléter *La Ville,* il paraît en un volume séparé en 1964. Il figure également, mais avec une fin remaniée, dans le choix de textes que Dürrenmatt publie en 1978 sous le titre de *Lesebuch*.

Pour l'étudiant qui le prend régulièrement chaque semaine, rien de plus ordinaire et de moins inquiétant que le train direct reliant Berne et Zurich, en parfaite conformité avec l'horaire. La vigilance du jeune homme, pourtant, ne désarme pas, par angoisse peut-être ou parce qu'il s'attend depuis longtemps à une catastrophe. Aussi lui seul, et le chef de train, remarquent-t-ils la longueur inhabituelle du tunnel dans lequel le train s'enfonce à une vitesse de plus en plus vertigineuse.

Nul autre passager ne s'inquiète, le contrôleur ne remarque rien, et le jeune homme, parce qu'il cherche ne serait-ce que «le soupçon d'un ordre» face à l'effroi du monde, entreprend seul d'élucider la situation. Il rejoint le chef de train, qui «a toujours vécu sans espérance» et s'occupe en se vouant à ses tâches administratives. Ensemble, ils gagnent la locomotive: le mécanicien a sauté. Collé au pare-brise, l'étudiant contemple fasciné le spectacle du train qui les précipite dans l'abîme.

Le récit tient de la parabole et renvoie au mythe de la caverne. Mais les perspectives idéales font défaut. La vision incite au pessimisme: elle fait entrevoir un monde à la dérive qui a perdu la maîtrise de sa technique et veut ignorer les dangers qui le menacent. Repliés sur eux-mêmes et préoccupés seulement de gérer les acquis et de se divertir, les personnages qui le représentent ne sont pas solidaires et se désintéressent de leur avenir. Mais le renoncement et le désespoir ne sont pas de mise. A la fin de la première version du récit, le jeune homme voit les passagers du train, que Dieu a abandonnés, «précipités vers Lui». Dans la seconde, cette conclusion, qui ouvre le champ à des interprétations hâtivement théologiques, a été modifiée. Mais elle n'est pas nécessairement plus sombre.

Dans la postface de *La Ville*, Dürrenmatt remarque que ses récits obéissent au besoin "de mener un combat qui ne peut avoir de sens que lorsqu'on l'a perdu». Ici, paradoxalement, c'est le tunnel qui permet de voir. L'effort entrepris par le jeune homme, afin de comprendre, va pallier le désarroi par la contemplation d'une réalité captivante.

POSTFACE

La Panne

Il existe trois versions successives de *La Panne* : une pièce radiophonique (1955), un récit (1956) et une comédie (1979). Elles s'achèvent différemment. Le pessimisme croît pour atteindre l'issue la plus noire. Un thème insondable, la justice, entraîne des variations étincelantes. Elles s'inspirent largement de la langue. Le terme désignant en allemand le tribunal a une signification double: en cuisine, il signifie un mets. Cette ambiguïté permet d'enrichir le récit et de concilier finement l'humour et le sens: la justice elle aussi se consomme.

Dans une introduction qui tient en deux pages et donne une première justification du titre, le narrateur engage la polémique sur la notion de l'application de ce mot *panne* en se référant à son temps. Il brosse de son époque un raccourci provocateur: Dieu a quitté la scène, aucune nécessité ne s'impose. Il n'est plus de héros ni de grands desseins, les existences paraissent interchangeables. A l'écrivain en quête de sujets et de valeurs, il ne reste que l'accidentel, l'humanité au quotidien. Là seulement, dans les aléas d'une vie ordinaire, peut surgir une réponse.

Comme le monde, le récit est donc régi par des pannes. Parce que sa luxueuse voiture refuse de servir et qu'une fête villageoise ne laisse aucune chambre libre dans les auberges, un représentant en textiles, depuis peu fondé de pouvoir, trouve accueil dans la maison d'un vieillard. Convié au repas du soir, il se trouve en présence de quatre aïeuls grotesques et déguste avec eux des mets et des vins exquis. La vitalité de ses hôtes et le jeu dans lequel ils l'invitent à tenir un rôle le surprennent encore davantage. Ces juristes à la retraite, reprenant leurs anciennes fonctions de procureur, de juge et de défenseur, se constituent en tribunal. La place de l'accusé, par coutume, revient au visiteur.

POSTFACE

Pris de court, mais bientôt ravi, celui-ci accepte, et aussitôt, à son insu, le procès commence. Amené à répondre d'une accusation qui lui paraît d'abord insensée, le prévenu finit par se trouver en fâcheuse posture. Loin de s'en inquiéter, il prend goût à des débats que l'alcool rend de plus en plus fraternels et s'en réjouit davantage encore que de sa réussite sociale. La subtilité du crime qu'on lui impute le valorise, il se découvre une identité nouvelle. Condamné à la peine capitale, il acquiesce, le repas s'achève dans l'enthousiasme. Mais au matin, outrepassant les limites du jeu dans une atroce méprise, il exécute la sentence.

La panne ultime venue gâcher le banquet place le lecteur, choqué lui aussi par la soudaineté d'un drame si totalement imprévu, dans la position des vieillards et l'engage à poursuivre leur enquête. A lui de revivre pour interroger, avec une vivacité et une curiosité insatiables et délicieuses, une destinée humaine qui défie la raison. A lui de sonder, chez un homme qui a toujours vécu dans les compromissions et la relativité des valeurs de son époque, l'abîme ouvert par un éveil de la conscience qui lui fait entrevoir soudain une vie autre, responsable et fondée sur la véracité.

Le récit entoure cette découverte de soi-même et de l'autre d'une atmosphère jubilatoire. L'entrain et l'humour du narrateur, les saveurs fortes d'une écriture qui exalte le plaisir de conter et de vivre, convient à la fête.

ILLUSTRATIONS

(version française)

p. 2   Photo du jeune Dürrenmatt

p. 14 Varlin, Portrait de Friedrich Dürrenmatt, *1963 (huile)*

pp.108-109   Dürrenmatt à son chevalet, *1948*

(version originale)

p. 2   Dürrenmatt travaillant à une lithographie dans la Galerie Erker à St Gall, *1988*

p. 29 Friedrich Dürrenmatt, Le critique, *1968 (crayon)*

Droits : Diogenes, Zurich
(Parues dans Friedrich Dürrenmatt, Schriftsteller und Maler, *Diogenes, 1994)*

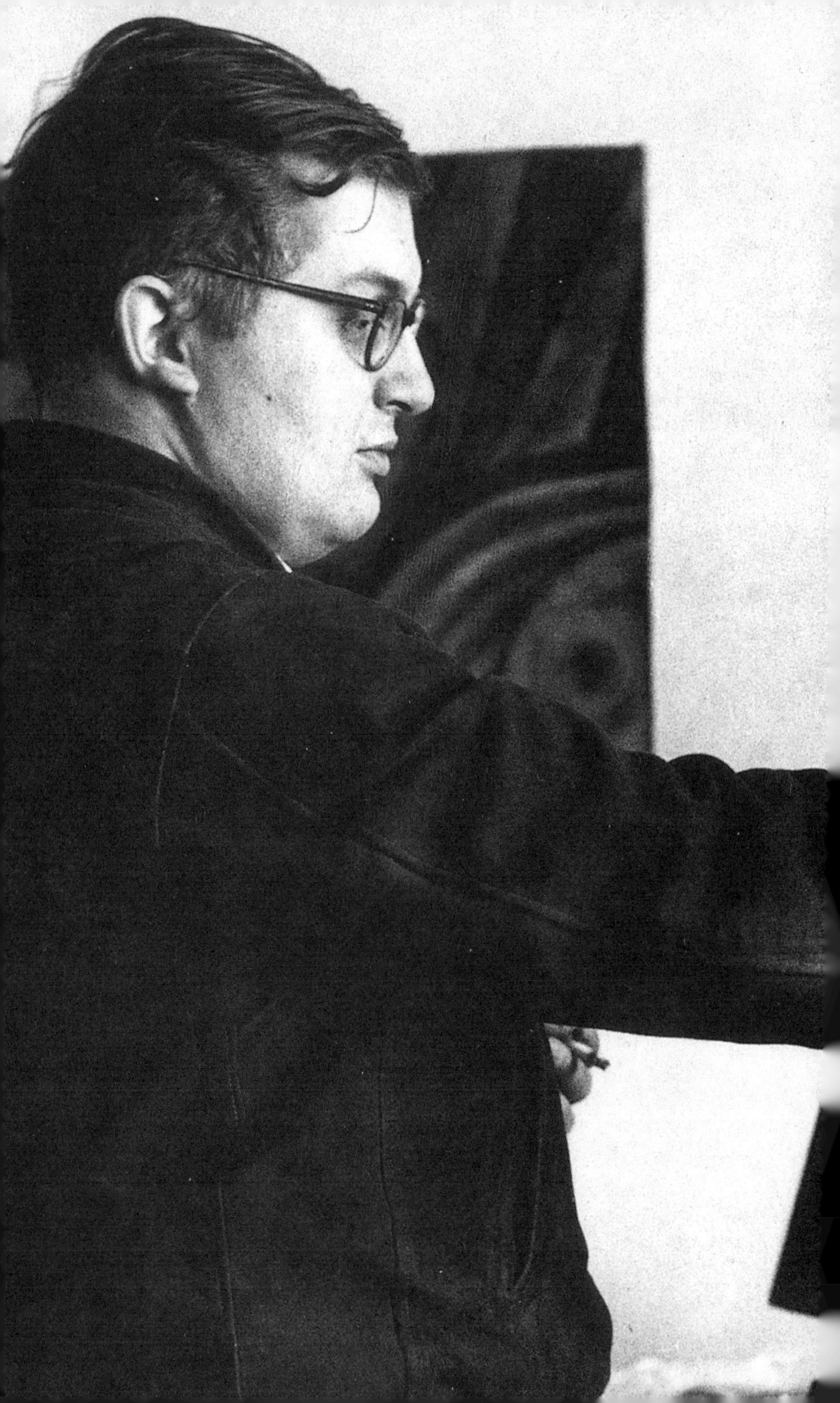

DER HUND
DER TUNNEL
DIE PANNE

FRIEDRICH DÜRRENMATT

DER HUND
DER TUNNEL
DIE PANNE

BIFACE
ÉDITIONS ZOÉ

BIFACE
Deutsch-Französisch
herausgegeben von
Wilfred Schiltknecht

Alle Rechte vorbehalten
© Diogenes Verlag AG Zürich, 1985
Umschlag : Cosette Decroux
Bild : Walter Jonas, *Der junge Dürrenmatt*, 1944
ISBN 2-88182-210-X

INHALT

Der Hund   7

Der Tunnel   15

Die Panne   29

Anhang : Der ursprüngliche Schluß des »Tunnels«   81

DER HUND

Schon in den ersten Tagen, nachdem ich in die Stadt gekommen war, fand ich auf dem kleinen Platz vor dem Rathaus einige Menschen, die sich um einen zerlumpten Mann scharten, der mit lauter Stimme aus der Bibel las. Den Hund, den er bei sich hatte und der zu seinen Füßen lag, bemerkte ich erst später, erstaunt darüber, daß ein so riesiges und entsetzliches Tier meine Aufmerksamkeit nicht auf der Stelle erregt hatte, denn es war von tiefschwarzer Farbe und glattem, schweißbedecktem Fell. Seine Augen waren schwefelgelb, und wie es das riesige Maul öffnete, bemerkte ich mit Grauen Zähne von ebenderselben Farbe, und seine Gestalt war so, daß ich sie mit keinem der lebenden Wesen vergleichen konnte. Ich ertrug den Anblick des gewaltigen Tieres nicht länger und wandte meine Augen wieder dem Prediger zu, der von gedrungener Gestalt war, und dessen Kleider in Fetzen an seinem Leibe hingen: doch war seine Haut, die durch die Risse schimmerte, sauber, wie denn auch das zerrissene Gewand äußerst reinlich war: Kostbar jedoch sah die Bibel aus, auf deren Einband Gold und Diamanten funkelten. Die Stimme des Mannes war ruhig und fest. Seine Worte zeichneten sich durch eine außergewöhnliche Klarheit aus, so daß seine Rede einfach und sicher wirkte, auch fiel es mir auf, daß er nie Gleichnisse brauchte. Es war

DER HUND

eine ruhige und unfanatische Auslegung der Bibel, die er gab, und wenn seine Worte doch nicht überzeugten, so rührte dies nur von der Erscheinung des Hundes her, der unbeweglich zu seinen Füßen lag und die Zuhörer mit seinen gelben Augen betrachtete. So war es denn vorerst die seltsame Verbindung des Predigers mit seinem Tier, die mich gefangennahm und mich verführte, den Mann immer wieder aufzuspüren. Er predigte jeden Tag auf den Plätzen der Stadt und in den Gassen, doch war es nicht leicht, ihn aufzufinden, obwohl er seine Tätigkeit bis spät in die Nacht ausübte, denn die Stadt war verwirrend, obgleich sie klar und einfach angelegt war. Auch mußte er seine Wohnung zu verschiedenen Zeiten verlassen und seiner Tätigkeit nie einen Plan zu Grunde legen, denn nie ließ sich in seinem Auftreten eine Regel feststellen. Manchmal redete er ununterbrochen den ganzen Tag auf demselben Platz, manchmal aber wechselte er den Ort jede Viertelstunde. Er war immer von seinem Hund begleitet, der neben ihm schritt, wenn er durch die Straßen ging, schwarz und riesig, und der sich schwer auf den Boden legte, wenn der Mann zu predigen anfing. Er hatte nie viele Zuhörer und meistens stand er allein, doch konnte ich beobachten, daß ihn dies nicht verwirrte, auch verließ er den Platz nicht, sondern redete weiter. Oft sah ich, daß er mitten in einer kleinen Gasse stillstand und mit lauter Stimme betete, während nicht weit von ihm die Leute achtlos durch eine breitere Gasse gingen. Da es mir jedoch nicht gelang, eine sichere Methode zu finden, ihn aufzuspüren, und ich dies immer dem Zufall überlassen mußte, versuchte ich nun, seine Wohnung zu finden, doch vermochte mir niemand Auskunft zu geben. Ich verfolgte ihn daher einmal den ganzen Tag, doch mußte ich dies mehrere Tage wiederholen, denn er kam mir immer wieder am Abend aus den Augen, weil ich bestrebt war, mich vor ihm verborgen zu halten, damit er meine Absicht nicht entdecke.

DER HUND

Dann jedoch sah ich ihn endlich, spät in der Nacht, in ein
Haus einer Gasse treten, die nur von den Reichsten der Stadt
bewohnt wurde, wie ich wußte, was mich denn auch in
Erstaunen versetzte. Von nun an änderte ich ihm gegenüber
mein Verhalten, indem ich meine Verborgenheit aufgab, um
mich nur in seiner nächsten Nähe aufzuhalten, so daß er
mich sehen mußte, doch störte ich ihn nicht, nur der Hund
knurrte jedesmal, wenn ich zu ihnen trat. So vergingen mehrere Wochen, und es war in einem Spätsommer, als er, nachdem er seine Auslegung des Johannisevangeliums beendet
hatte, zu mir trat und mich bat, ihn nach Hause zu begleiten;
doch sagte er kein Wort mehr, wie wir durch die Gassen
schritten, und als wir das Haus betraten, war es schon so dunkel, daß im großen Zimmer, in welches ich geführt wurde,
die Lampe brannte. Der Raum war tiefer als die Straße gele-
gen, so daß wir von der Türe einige Stufen hinuntergehen
mußten, auch sah ich die Wände nicht, so sehr wurden sie
von Büchern überdeckt. Unter der Lampe war ein großer,
einfacher Tisch aus Tannenholz, an welchem ein Mädchen
stand und las. Es trug ein dunkelblaues Kleid. Es drehte sich
nicht um, als wir eintraten. Unter einem der beiden
Kellerfenster, die verhängt waren, befand sich eine Matratze
und an der gegenüberliegenden Wand ein Bett, und zwei
Stühle standen am Tisch. Bei der Türe war ein Ofen. Wie wir
jedoch dem Mädchen entgegenschritten, wandte es sich, so
daß ich sein Gesicht sah. Es gab mir die Hand und deutete
auf einen Stuhl, worauf ich bemerkte, daß der Mann schon
auf der Matratze lag; der Hund aber legte sich zu seinen
Füßen nieder.

»Das ist mein Vater«, sagte das Mädchen, »der nun schon
schläft und nicht hört, wenn wir zusammen sprechen, und
der große, schwarze Hund hat keinen Namen, der ist einfach
eines Abends zu uns gekommen, als mein Vater zu predigen

DER HUND

anfing. Wir hatten die Türe nicht verschlossen, und so konnte er mit seinen Tatzen die Klinke niederdrücken und hereinspringen.« Ich stand wie betäubt vor dem Mädchen und fragte leise, was denn ihr Vater gewesen sei. »Er war ein reicher Mann mit vielen Fabriken«, sagte es und schlug die Augen nieder. »Er verließ meine Mutter und meine Brüder, um den Menschen die Wahrheit zu verkünden.« »Glaubst du denn, daß es die Wahrheit ist, die dein Vater verkündet?« fragte ich. »Es ist die Wahrheit«, sagte das Mädchen. »Ich habe es immer gewußt, daß es die Wahrheit ist, und so bin ich denn mit ihm gegangen in diesen Keller und wohne hier mit ihm. Aber ich habe nicht gewußt, daß dann auch der Hund kommen würde, wenn man die Wahrheit verkündet.« Das Mädchen schwieg und sah mich an, als wolle es um etwas bitten, das es nicht auszusprechen wagte. »Dann schick ihn fort, den Hund«, antwortete ich, aber das Mädchen schüttelte den Kopf. »Er hat keinen Namen und so würde er auch nicht gehen«, sagte es leise. Es sah, daß ich unentschlossen war, und setzte sich auf einen der beiden Stühle am Tisch. So setzte ich mich denn auch. »Fürchtest du dich denn vor diesem Tier?« fragte ich. »Ich habe mich immer vor ihm gefürchtet«, antwortete es, »und als vor einem Jahr die Mutter kam mit einem Rechtsanwalt und die Brüder, um meinen Vater zurückzuholen und mich, haben sie sich auch gefürchtet vor unserem Hund ohne Namen, und dabei hat er sich vor den Vater gestellt und geknurrt. Auch wenn ich im Bett liege, fürchte ich mich vor ihm, ja dann besonders, aber jetzt ist alles anders. Jetzt bist du gekommen und nun kann ich über das Tier lachen. Ich habe immer gewußt, daß du kommen würdest. Natürlich wußte ich nicht, wie du aussiehst, aber einmal, das wußte ich, würdest du mit meinem Vater kommen, an einem Abend, wenn schon die Lampe brennt, und es stiller wird auf der Straße, um mit mir die Hochzeitsnacht zu feiern in diesem Zimmer halb unter der

DER HUND

Erde, in meinem Bett neben den vielen Büchern. So werden wir beieinander liegen, ein Mann und ein Weib, und drüben auf der Matratze wird der Vater sein, in der Dunkelheit wie ein Kind, und der große, schwarze Hund wird unsere arme Liebe bewachen.«

Wie könnte ich unsere Liebe vergessen! Die Fenster zeichneten sich als schmale Rechtecke ab, die waagrecht über unserer Nacktheit irgendwo im Raume schwebten. Wir lagen Leib an Leib, immer wieder ineinander versinkend, uns immer gieriger umklammernd, und die Geräusche der Straße vermischten sich mit dem verlorenen Schrei unserer Lust, manchmal das Torkeln Betrunkener, dann das leise Trippeln der Dirnen, einmal das lange, eintönige Stampfen einer vorbeiziehenden Kolonne Soldaten, abgelöst vom hellen Klang der Pferdehufe, vom dumpfen Rollen der Räder. – Wir lagen beisammen unter der Erde, eingehüllt in ihre warme Dunkelheit, uns nicht mehr fürchtend, und von der Ecke her, wo der Mann auf seiner Matratze schlief, lautlos wie ein Toter, starrten uns die gelben Augen des Hundes an, runde Scheiben zweier schwefliger Monde, die unsere Liebe belauerten.

So stieg ein glühender Herbst herauf, gelb und rot, dem spät erst in diesem Jahr der Winter folgte, mild, ohne die abenteuerliche Kälte der Vorjahre. Doch gelang es mir nie, das Mädchen aus seinem Kellerraum zu locken, um es mit meinen Freunden zusammenzubringen, mit ihm das Theater zu besuchen (wo sich entscheidende Dinge vorbereiteten) oder zusammen durch die dämmerhaften Wälder zu gehen, die sich über die Hügel breiten, die wellenförmig die Stadt umgeben: Immer saß es da, am Tisch aus Tannenholz, bis der Vater kam mit dem großen Hund, bis es mich in sein Bett zog beim gelben Licht der Fenster über uns. Wie es

DER HUND

jedoch gegen den Frühling ging, wie noch Schnee in der
Stadt lag, schmutzig und naß, meterhoch an schattigen
Stellen, kam das Mädchen in mein Zimmer. Die Sonne
schien schräg durchs Fenster. Es war spät im Nachmittag und
in den Ofen hatte ich Scheiter gelegt, und nun erschien es,
bleich und zitternd, wohl auch frierend, denn es kam ohne
Mantel, so wie es immer war, in seinem dunkelblauen Kleid.
Nur die Schuhe hatte ich noch nie an ihm gesehen, sie
waren rot und mit Pelz gefüttert.»Du mußt den Hund
töten«, sagte das Mädchen, noch auf der Schwelle meiner
Türe, außer Atem und mit gelöstem Haar, mit weit offenen
Augen, und so gespenstisch war sein Erscheinen, daß ich
nicht wagte, es zu berühren. Ich ging zum Schrank und
suchte meinen Revolver hervor.»Ich wußte, daß du mich einmal darum bitten würdest«, sagte ich,»und so habe ich eine
Waffe gekauft. Wann soll es geschehen?«»Jetzt«, antwortete
das Mädchen leise.»Auch der Vater fürchtet sich vor dem
Tier, immer hat er sich gefürchtet, ich weiß es nun.« Ich
untersuchte die Waffe und zog den Mantel an.»Sie sind im
Keller«, sagte das Mädchen, indem es den Blick senkte.»Der
Vater liegt auf der Matratze, den ganzen Tag, ohne sich zu
bewegen, so sehr fürchtet er sich, nicht einmal beten kann
er, und der Hund hat sich vor die Türe gelegt.«

Wir gingen gegen den Fluß hinunter und dann über die
steinerne Brücke. Der Himmel war von einem tiefen,
bedrohlichen Rot, wie bei einer Feuersbrunst. Die Sonne
eben gesunken. Die Stadt war belebter als sonst, voll mit
Menschen und Wagen, die sich wie unter einem Meer von
Blut bewegten, da die Häuser das Licht des Abends mit ihren
Fenstern und Mauern widerspiegelten. Wir gingen durch die
Menge. Wir eilten durch einen immer dichteren Verkehr,
durch Kolonnen bremsender Automobile und schwankender
Omnibusse, die wie Ungetüme waren, mit bösen, mattleuch-

12

DER HUND

tenden Augen, an aufgeregt fuchtelnden Polizisten mit
grauen Helmen vorbei. Ich drängte so entschlossen vorwärts,
daß ich das Mädchen zurückließ; die Gasse endlich rannte
ich hinauf, keuchend und mit offenem Mantel, einer immer
violetteren, immer mächtigeren Dämmerung entgegen: doch
ich kam zu spät. Wie ich nämlich zum Kellerraum hinabge-
sprungen war und, die Waffe in der Hand, die Türe mit
einem Fußtritt geöffnet hatte, sah ich den riesigen Schatten
des furchtbaren Tieres eben durch das Fenster entweichen,
dessen Scheibe zersplitterte, während am Boden, eine
weißliche Masse in einem schwarzen Tümpel, der Mann lag,
vom Hunde zerfetzt, so sehr, daß er nicht mehr zu erkennen
war.

Wie ich zitternd an der Wand lehnte, in die Bücher
hineingesunken, heulten draußen die Wagen heran. Man
kam mit einer Tragbahre. Ich sah schattenhaft einen Arzt vor
dem Toten und schwerbewaffnete Polizisten mit bleichen
Gesichtern. Überall standen Menschen. Ich schrie nach dem
Mädchen. Ich eilte die Stadt hinunter und über die Brücke
auf mein Zimmer, doch fand ich es nicht. Ich suchte verzweifelt, ruhelos und ohne Nahrung zu mir zu nehmen. Die
Polizei wurde aufgeboten, auch, da man sich vor dem riesigen Tier fürchtete, die Soldaten der Kaserne, welche die
Wälder in langgestreckten Ketten durchstreiften. Boote
stießen in den schmutzigen, gelben Fluß und man forschte
mit langen Stangen. Da nun der Frühling hereinbrach mit
warmen Regengüssen, die unermeßlich heranschwemmten,
drang man in die Höhlen der Steinbrüche, rufend und mit
hocherhobenen Fackeln. Man stieg in die Kanalisations-
gänge hinab und durchsuchte den Estrich der Kathedrale.
Doch wurde das Mädchen nicht mehr gefunden und der
Hund kam nicht mehr zum Vorschein.

DER HUND

Nach drei Tagen kam ich spät in der Nacht auf mein Zimmer. Erschöpft und ohne Hoffnung wie ich war, warf ich mich in den Kleidern auf mein Bett, als ich drunten auf der Straße Schritte hörte. Ich rannte ans Fenster, öffnete es und lehnte mich hinaus in die Nacht. Ein schwarzes Band lag die Straße unter mir, noch naß vom Regen, der bis Mitternacht gefallen war, so daß sich die Straßenlampen auf ihr widerspiegelten als verwachsene, goldene Flecken, und drüben, den Bäumen entlang, schritt das Mädchen in seinem dunklen Kleid mit den roten Schuhen, vom Haar, das im Lichte der Nacht blau schimmerte, in langen Strängen umflossen, und ihm zur Seite, ein dunkler Schatten, sanft und lautlos wie ein Lamm, ging der Hund mit gelben, runden, funkelnden Augen.

DER TUNNEL

Ein Vierundzwanzigjähriger, fett, damit das Schreckliche
hinter den Kulissen, welches er sah (das war seine Fähigkeit,
vielleicht seine einzige), nicht allzu nah an ihn herankomme,
der es liebte, die Löcher in seinem Fleisch, da doch gerade
durch sie das Ungeheuerliche hereinströmen konnte, zu
verstopfen, derart, daß er Zigarren rauchte (Ormond-Brasil
10) und über seiner Brille eine zweite trug, eine
Sonnenbrille, und in den Ohren Wattebüschel: Dieser junge
Mann, noch von seinen Eltern abhängig und mit nebulosen
Studien auf einer Universität beschäftigt, die mit einer
zweistündigen Bahnfahrt zu erreichen war, stieg eines
Sonntagnachmittags in den gewohnten Zug, Abfahrt sieb-
zehnuhrfünfzig, Ankunft neunzehnuhrsiebenundzwanzig,
um anderentags ein Seminar zu besuchen, das zu schwänzen
er schon entschlossen war. Die Sonne schien an einem wol-
kenlosen Himmel, als er seinen Wohnort verließ. Es war
Sommer. Der Zug hatte sich zwischen den Alpen und dem
Jura fortzubewegen, an reichen Dörfern und kleineren
Städten vorbei, später an einem Fluß entlang, und tauchte
denn auch nach noch nicht ganz zwanzig Minuten Fahrt,
gerade nach Burgdorf, in einen kleinen Tunnel. Der Zug war
überfüllt. Der Vierundzwanzigjährige war vorne eingestiegen
und hatte sich mühsam nach hinten durchgearbeitet, schwit-

DER TUNNEL

zend und einen leicht vertrottelten Eindruck erweckend. Die
Reisenden saßen dicht gedrängt, viele auf Koffern, auch die
Coupés der zweiten Klasse waren besetzt, nur die erste Klasse
schwach belegt. Als sich der junge Mann endlich durch das
Wirrwarr der Familien, Rekruten, Studenten und
Liebespaare gekämpft hatte, bald, vom Zug hin und her ge-
schleudert, gegen diesen fallend und bald gegen jenen,
gegen Bäuche und Brüste torkelnd, fand er im hintersten
Wagen Platz, so viel sogar, daß er in diesem Abteil der dritten
Klasse — in der es sonst Wagen mit Coupés selten gibt —
eine ganze Bank für sich allein hatte: Im geschlossenen
Raume saß ihm einer gegenüber, noch dicker als er, der mit
sich selber Schach spielte, und in der Ecke der gleichen
Bank, gegen den Korridor zu, ein rothaariges Mädchen, das
einen Roman las. So saß er schon am Fenster und hatte eben
eine Ormond Brasil 10 in Brand gesteckt, als der Tunnel
kam, der ihm länger als sonst zu dauern schien. Er war diese
Strecke schon manchmal gefahren, fast jeden Samstag und
Sonntag seit einem Jahr, und hatte den Tunnel eigentlich
gar nie beachtet, sondern immer nur geahnt. Zwar hatte er
ihm einige Male die volle Aufmerksamkeit schenken wollen,
doch hatte er, wenn er kam, jedes Mal an etwas anderes
gedacht, so daß er das kurze Eintauchen in die Finsternis
nicht bemerkte, denn der Tunnel war eben gerade vorbei,
wenn er, entschlossen, ihn zu beachten, aufschaute, so
schnell durchfuhr ihn der Zug und so kurz war der kleine
Tunnel. So hatte er denn auch jetzt die Sonnenbrille nicht
abgenommen, als sie einfuhren, da er nicht an den Tunnel
dachte. Die Sonne hatte eben noch mit voller Kraft geschie-
nen, und die Landschaft, durch die sie fuhren (die Hügel
und Wälder, die fernere Kette des Jura und die Häuser des
Städtchens), war wie von Gold gewesen, so sehr hatte sie im
Abendlicht geleuchtet, so sehr, daß ihm die nun schlagartig
einsetzende Dunkelheit des Tunnels bewußt wurde, der

DER TUNNEL

Grund wohl auch, warum ihm die Durchfahrt länger vorkam. Es war völlig finster im Abteil, da der Kürze des Tunnels wegen die Lichter nicht in Funktion gesetzt waren, denn jede Sekunde mußte sich ja in der Scheibe der erste fahle Schimmer des Tages zeigen, sich blitzschnell ausweiten und mit voller, goldener Helle gewaltig hereinbrechen; als es jedoch immer noch dunkel blieb, nahm er die Sonnenbrille ab. Das Mädchen zündete sich in diesem Augenblick eine Zigarette an, offenbar ärgerlich, daß es im Roman nicht weiterlesen konnte, wie er im rötlichen Aufflammen des Streichholzes zu bemerken glaubte; seine Armbanduhr mit dem leuchtenden Zifferblatt zeigte zehn nach sechs. Er lehnte sich in die Ecke zwischen der Coupéwand und der Scheibe und beschäftigte sich mit seinen verworrenen Studien, die ihm niemand recht glaubte, mit dem Seminar, in das er morgen mußte und in das er nicht gehen würde (alles, was er tat, war nur ein Vorwand, hinter der Fassade seines Tuns Ordnung zu erlangen, nicht die Ordnung selber, nur die Ahnung einer Ordnung, angesichts des Schrecklichen, gegen das er sich mit Fett polsterte, Zigarren in den Mund steckte, Wattebüschel in die Ohren), und wie er wieder auf das Zifferblatt schaute, war es viertel nach sechs und immer noch der Tunnel. Das verwirrte ihn. Zwar leuchteten nun die Glühbirnen auf, es wurde hell im Coupé, das rote Mädchen konnte in seinem Roman weiterlesen, und der dicke Herr spielte wieder mit sich selber Schach, doch draußen, jenseits der Scheibe, in der sich nun das ganze Abteil spiegelte, war immer noch der Tunnel. Er trat in den Korridor, in welchem ein hochgewachsener Mann in einem hellen Regenmantel auf und ab ging, ein schwarzes Halstuch umgeschlagen. Wozu auch bei diesem Wetter, dachte er und schaute in die anderen Coupés dieses Wagens, wo man Zeitung las und miteinander schwatzte. Er trat wieder zu seiner Ecke und setzte sich, der Tunnel mußte nun jeden

DER TUNNEL

Augenblick aufhören, jede Sekunde; auf der Armbanduhr war es nun beinahe zwanzig nach; er ärgerte sich, den Tunnel vorher so wenig beachtet zu haben, dauerte er doch nun schon eine Viertelstunde und mußte, gerade weil der Zug offenbar in höchster Geschwindigkeit fuhr, ein bedeutender Tunnel sein, einer der längsten Tunnel in der Schweiz. Es war daher wahrscheinlich, daß er einen falschen Zug genommen hatte, wenn ihm im Augenblick auch nicht erinnerlich war, daß sich zwanzig Minuten Bahnfahrt von seinem Wohnort entfernt ein so langer und bedeutender Tunnel befand. Er fragte deshalb den dicken Schachspieler, ob der Zug nach Zürich fahre, was der bestätigte. Er habe gar nicht gewußt, daß diese Strecke einen so beträchtlichen Tunnel aufweise, entgegnete der junge Mann, doch der Schachspieler antwortete, etwas ärgerlich, da er in irgendeiner schwierigen Überlegung zum zweiten Mal unterbrochen worden war, in der Schweiz gebe es eben viele Tunnel, außerordentlich viele, er reise zwar zum ersten Mal in diesem Lande, doch falle dies sofort auf, auch habe er in einem statistischen Jahrbuch gelesen, kein Land besitze so viele Tunnel wie die Schweiz. Er müsse sich nun entschuldigen, wirklich, es tue ihm schrecklich leid, da er sich mit einem wichtigen Problem der Nimzowitsch-Verteidigung beschäftige und nicht mehr abgelenkt werden dürfe. Der Schachspieler hatte höflich, aber bestimmt geantwortet; daß von ihm keine Antwort zu erwarten war, sah der junge Mann ein. Er war überzeugt, daß seine Fahrkarte zurückgewiesen werden würde; auch als der Schaffner, ein blasser, magerer Mann, nervös, wie es den Eindruck machte, gegenüber dem Mädchen, dem er zuerst die Fahrkarte abnahm, bemerkte, es müsse in Olten umsteigen, gab der Vierundzwanzigjährige noch nicht alle Hoffnung auf, so sehr war er überzeugt, in den falschen Zug gestiegen zu sein. Er werde wohl nachzahlen müssen, er sollte nach Zürich, sagte er denn, ohne die

DER TUNNEL

Ormond Brasil 10 aus dem Munde zu nehmen, und reichte
dem Schaffner das Billet hin. Der Herr sei im rechten Zug,
antwortete der, als er die Fahrkarte geprüft hatte. »Aber wir
fahren doch durch einen Tunnel!« rief der junge Mann
ärgerlich und recht energisch aus, entschlossen, nun die ver-
wirrende Situation aufzuklären. Man sei eben an
Herzogenbuchsee vorbeigefahren und nähere sich
Langenthal, sagte der Schaffner. »Es stimmt, mein Herr, es
ist jetzt zwanzig nach sechs.« Aber man fahre seit zwanzig
Minuten durch einen Tunnel, beharrte der junge Mann auf
seiner Feststellung. Der Schaffner sah ihn verständnislos an.
»Es ist der Zug nach Zürich«, sagte er, und schaute nun auch
nach dem Fenster. »Zwanzig nach sechs«, sagte er wieder,
jetzt etwas beunruhigt, wie es schien, »bald kommt Olten,
Ankunft achtzehnuhrsiebenunddreißig. Es wird schlechtes
Wetter gekommen sein, ganz plötzlich, daher die Nacht, vielleicht ein Sturm, ja, das wird es sein.« »Unsinn«, mischte sich
nun der Mann, der sich mit dem Problem der Nimzowitsch-
Verteidigung beschäftigte, ins Gespräch, ärgerlich, weil er
immer noch sein Billet hinhielt, ohne vom Schaffner beachtet zu werden, »Unsinn, wir fahren durch einen Tunnel. Man
kann deutlich den Fels sehen, Granit wie es scheint. In der
Schweiz gibt es die meisten Tunnel der ganzen Welt. Ich
habe es in einem statistischen Jahrbuch gelesen.« Der
Schaffner, indem er endlich die Fahrkarte des Schachspielers
entgegennahm, versicherte aufs neue, fast flehentlich, der
Zug fahre nach Zürich, worauf der Vierundzwanzigjährige
den Zugführer verlangte. Der sei vorne im Zug, sagte der
Schaffner, im übrigen fahre der Zug nach Zürich, jetzt sei es
sechsuhrfünfundzwanzig, und in zwölf Minuten werde er
nach dem Sommerfahrplan in Olten anhalten, er fahre jede
Woche diesen Zug dreimal. Der junge Mann machte sich auf
den Weg. Das Gehen fiel ihm noch schwerer im überfüllten
Zug als vorher, als er die gleiche Strecke umgekehrt gegan-

19

DER TUNNEL

gen war; der Zug mußte überaus schnell fahren; auch war
das Getöse, das er dabei verursachte, entsetzlich; so steckte er
sich seine Wattebüschel denn wieder in die Ohren, nachdem
er sie beim Betreten des Zuges entfernt hatte. Die Menschen,
an denen er vorbeikam, verhielten sich ruhig, in nichts
unterschied sich der Zug von anderen Zügen, in denen er an
den Sonntagnachmittagen gefahren war, und niemand fiel
ihm auf, der beunruhigt gewesen wäre. In einem Wagen mit
Zweitklaß-Abteilen stand ein Engländer am Fenster des
Korridors und tippte freudestrahlend mit der Pfeife, die er
rauchte, an die Scheibe. »Simplon«, sagte er. Auch im
Speisewagen war alles wie sonst, obwohl kein Platz frei war
und der Tunnel doch einem der Reisenden oder der
Bedienung, die Wienerschnitzel und Reis servierte, hätte auf-
fallen können. Den Zugführer, den er an der roten Tasche
erkannte, fand der junge Mann am Ausgang des
Speisewagens. »Sie wünschen?« fragte der Zugführer, der ein
großgewachsener, ruhiger Mann war, mit einem sorgfältig
gepflegten schwarzen Schnurrbart und einer randlosen
Brille. »Wir sind in einem Tunnel, seit fünfundzwanzig
Minuten«, sagte der junge Mann. Der Zugführer schaute
nicht nach dem Fenster, wie der Vierundzwanzigjährige
erwartet hatte, sondern wandte sich zum Kellner. »Geben Sie
mir eine Schachtel Ormond 10 «, sagte er, »ich rauche die
gleiche Sorte wie der Herr da«; doch konnte ihn der Kellner
nicht bedienen, da man diese Zigarre nicht besaß, so daß
denn der junge Mann, froh, einen Anknüpfungspunkt zu
haben, dem Zugführer eine Brasil anbot. »Danke«, sagte der,
»ich werde in Olten kaum Zeit haben, mir eine zu verschaf-
fen, und so tun Sie mir denn einen großen Gefallen.
Rauchen ist wichtig. Darf ich Sie nun bitten, mir zu folgen?«
Er führte den Vierundzwanzigjährigen in den Packwagen,
der vor dem Speisewagen lag. »Dann kommt noch die
Maschine«, sagte der Zugführer, als sie den Raum betraten,

DER TUNNEL

»wir befinden uns an der Spitze des Zuges.« Im Packraum
brannte ein schwaches, gelbes Licht, der größte Teil des
Wagens lag im Ungewissen, die Seitentüren waren verschlos-
sen, und nur durch ein kleines vergittertes Fenster drang die
Finsternis des Tunnels. Koffer standen herum, viele mit
Hotelzetteln beklebt, einige Fahrräder und ein Kinderwagen.
Der Zugführer hängte seine rote Tasche an einen Haken.
»Was wünschen Sie?« fragte er aufs neue, schaute jedoch den
jungen Mann nicht an, sondern begann in einem Heft, das
er der Tasche entnommen hatte, Tabellen auszufüllen. »Wir
befinden uns seit Burgdorf in einem Tunnel«, antwortete der
Vierundzwanzigjährige entschlossen, »einen derartigen
Tunnel gibt es auf dieser Strecke nicht, ich fahre sie jede
Woche hin und zurück, ich kenne die Strecke.« Der
Zugführer schrieb weiter. »Mein Herr«, sagte er endlich und
trat nah an den jungen Mann heran, so nah, daß sich die beiden Leiber fast berührten, »mein Herr, ich habe Ihnen
wenig zu sagen. Wie wir in diesen Tunnel geraten sind, weiß
ich nicht, ich besitze dafür keine Erklärung. Doch bitte ich
Sie zu bedenken: Wir bewegen uns auf Schienen, der Tunnel
muß also irgendwohin führen. Nichts beweist, daß am
Tunnel etwas nicht in Ordnung ist, außer natürlich, daß er
nicht aufhört.« Der Zugführer, die Ormond Brasil immer
noch ohne zu rauchen zwischen den Lippen, hatte überaus
leise gesprochen, jedoch mit so großer Würde und so deutlich und bestimmt, daß seine Worte vernehmbar waren, trotz
der Wattebüschel und obgleich im Packwagen das Tosen des
Zuges um vieles stärker war als im Speisewagen. »Dann bitte
ich Sie, den Zug anzuhalten«, begehrte der junge Mann
ungeduldig, »ich verstehe kein Wort von dem, was Sie sagen.
Wenn etwas nicht stimmt mit diesem Tunnel, dessen
Vorhandensein Sie selber nicht erklären können, haben Sie
den Zug anzuhalten«. »Den Zug anhalten?« antwortete der
andere langsam, gewiß, daran habe er auch schon gedacht,

DER TUNNEL

worauf er das Heft schloß und in die rote Tasche zurück-
steckte, die an ihrem Haken hin und her schwankte, dann
steckte er die Ormond sorgfältig in Brand. Ob er die
Notbremse ziehen solle, fragte der junge Mann und wollte
nach dem Haken der Bremse über seinem Kopf greifen, tor-
kelte jedoch im selben Augenblick nach vorne, wo er an die
Wand prallte. Ein Kinderwagen rollte auf ihn zu, und Koffer
rutschten heran; seltsam schwankend kam auch der
Zugführer mit vorgestreckten Händen durch den Packraum.
»Wir fahren abwärts«, sagte der Zugführer und lehnte sich
neben dem Vierundzwanzigjährigen an die Vorderwand des
Wagens, doch kam der erwartete Aufprall des rasenden
Zuges am Fels nicht, dieses Zerschmettern und
Ineinanderschachteln der Wagen, der Tunnel schien viel-
mehr wieder eben zu verlaufen. Am andern Ende des
Wagens öffnete sich die Türe. Im grellen Licht des
Speisewagens sah man Menschen, die einander zutranken,
dann schloß sich die Türe wieder. »Kommen Sie in die
Lokomotive«, sagte der Zugführer und schaute dem
Vierundzwanzigjährigen nachdenklich und, wie es plötzlich
schien, drohend ins Gesicht, dann schloß er die Türe auf,
neben der sie an der Wand lehnten: Mit solcher Gewalt
jedoch schlug ihnen ein sturmartiger, heißer Luftstrom entgegen, daß sie von der Wucht des Orkans aufs neue gegen
die Wand taumelten; gleichzeitig erfüllte ein fürchterliches
Getöse den Packwagen. »Wir müssen zur Maschine hinüberklettern«, schrie der Zugführer dem jungen Mann ins Ohr,
auch so kaum vernehmbar, und verschwand dann im
Rechteck der offenen Türe, durch die man die hellerleuchte-
ten, hin und her schwankenden Scheiben der Zugmaschine
sah. Der Vierundzwanzigjährige folgte entschlossen, wenn er
auch den Sinn der Kletterei nicht begriff. Die Plattform, die
er betrat, besaß auf beiden Seiten ein Eisengeländer, woran
er sich klammerte, doch war nicht der ungeheure Luftzug

DER TUNNEL

das Entsetzliche, der sich milderte, wie der junge Mann sich
der Maschine zubewegte, sondern die unmittelbare Nähe der
Tunnelwände, die er zwar nicht sah, da er sich ganz auf die
Maschine konzentrieren mußte, die er jedoch ahnte, durch-
zittert vom Stampfen der Räder und vom Pfeifen der Luft, so
daß ihm war, als rase er mit Sterngeschwindigkeit in eine
Welt aus Stein. Der Lokomotive entlang lief ein schmales
Band und darüber als Geländer eine Stange, die sich in
immer gleicher Höhe über dem Band um die Maschine
herumkrümmte: Dies mußte der Weg sein; den Sprung, den
es zu wagen galt, schätzte er auf einen Meter. So gelang es
ihm denn auch, die Stange zu fassen. Er schob sich, gegen
die Lokomotive gepreßt, dem Band entlang; fürchterlich
wurde der Weg erst, als er auf die Längsseite der Maschine
gelangte, nun voll der Wucht des brüllenden Orkans ausge-
setzt und drohenden Felswänden, die, hell erleuchtet von
der Maschine, heranfegten. Nur der Umstand, daß ihn der
Zugführer durch eine kleine Türe ins Innere der Maschine
zog, rettete ihn. Erschöpft lehnte sich der junge Mann gegen
den Maschinenraum, worauf es mit einem Male still wurde,
denn die Stahlwände der riesenhaften Lokomotive dämpf-
ten, als der Zugführer die Türe geschlossen hatte, das Tosen
so sehr ab, daß es kaum mehr zu vernehmen war. »Die
Ormond Brasil haben wir auch verloren«, sagte der
Zugführer. »Es war nicht klug, vor der Kletterei eine
anzuzünden, aber sie zerbrechen leicht, wenn man keine
Schachtel mit sich führt, bei ihrer länglichen Form.« Der
junge Mann war froh, nach der bedenklichen Nähe der
Felswände auf etwas gelenkt zu werden, das ihn an die
Alltäglichkeit erinnerte, in der er sich noch vor wenig mehr
denn einer halben Stunde befunden hatte, an diese immer-
gleichen Tage und Jahre (immergleich, weil er nur auf die-
sen Augenblick hinlebte, der nun erreicht war, auf diesen
Augenblick des Einbruchs, auf dieses plötzliche Nachlassen

DER TUNNEL

der Erdoberfläche, auf den abenteuerlichen Sturz ins Erdinnere). Er holte eine der braunen Schachteln aus der rechten Rocktasche und bot dem Zugführer erneut eine Zigarre an, selber steckte er sich auch eine in den Mund, und vorsichtig nahmen sie Feuer, das der Zugführer bot. »Ich schätze diese Ormond sehr«, sagte der Zugführer, »nur muß einer gut ziehen, sonst gehen sie aus«, Worte, die den Vierundzwanzigjährigen mißtrauisch machten, weil er spürte, daß der Zugführer auch nicht gern an den Tunnel dachte, der draußen immer noch dauerte (immer noch war die Möglichkeit, er könnte plötzlich aufhören, wie ein Traum mit einem Mal aufzuhören vermag). »Achtzehnuhrvierzig«, sagte er, indem er auf seine Uhr mit dem leuchtenden Zifferblatt schaute, »jetzt sollten wir doch schon in Olten sein«, und dachte dabei an die Hügel und Wälder, die doch noch vor kurzem waren, goldüberhäuft in der sinkenden Sonne. So standen sie und rauchten, an die Wand des Maschinenraumes gelehnt. »Keller ist mein Name«, sagte der Zugführer und zog an seiner Brasil. Der junge Mann gab nicht nach. »Die Kletterei auf der Maschine war nicht ungefährlich«, bemerkte er, »wenigstens für mich, der ich dergleichen nicht gewohnt bin, und so möchte ich denn wissen, wozu Sie mich hergebracht haben.« Er wisse es nicht, antwortete Keller, er habe sich nur Zeit zum Überlegen schaffen wollen. »Zeit zum Überlegen«, wiederholte der Vierundzwanzigjährige. »Ja«, sagte der Zugführer, so sei es, rauchte dann wieder weiter. Die Maschine schien sich von neuem nach vorne zu neigen. »Wir können ja in den Führerraum gehen«, schlug Keller vor, blieb jedoch immer noch unschlüssig an der Maschinenwand stehen, worauf der junge Mann den Korridor entlangschritt. Wie er die Türe zum Führerraum geöffnet hatte, blieb er stehen. »Leer«, sagte er zum Zugführer, der nun auch herankam, »der Führerstand ist leer.« Sie betraten den Raum, schwankend

24

DER TUNNEL

durch die ungeheure Geschwindigkeit, mit der die Maschine, den Zug mit sich reißend, immer weiter in den Tunnel hineinraste. »Bitte«, sagte der Zugführer und drückte einige Hebel nieder, zog auch die Notbremse. Die Maschine gehorchte nicht. Sie hätten alles getan, sie anzuhalten, gleich als sie die Änderung in der Strecke bemerkt hätten, versicherte Keller, doch sei die Maschine immer weitergerast. »Sie wird immer weiterrasen«, antwortete der Vierundzwanzigjährige und wies auf den Geschwindigkeitsmesser. »Hundertfünfzig. Ist die Maschine je hundertfünfzig gefahren?« »Höchstens hundertfünf«, entgegnete der Zugführer. »Eben«, stellte der junge Mann fest. »Eben. Die Schnelligkeit nimmt zu. Jetzt zeigt der Messer Hundertachtundfünfzig. Wir fallen.« Er trat an die Scheibe, doch konnte er sich nicht aufrecht halten, sondern wurde mit dem Gesicht auf die Glaswand gepreßt, so abenteuerlich war nun die Geschwindigkeit. »Der Lokomotivführer?« schrie er und starrte nach den Felsmassen, die in das grelle Licht der Scheinwerfer hinaufstürzten, ihm entgegen, die auf ihn zurasten, und über ihm, unter ihm und zu beiden Seiten des Führerraums verschwanden. »Abgesprungen«, schrie Keller zurück, der nun mit dem Rücken gegen das Schaltbrett gelehnt auf dem Boden saß. »Wann?« fragte der Vierundzwanzigjährige hartnäckig. Der Zugführer zögerte ein wenig und mußte sich seine Ormond aufs neue anzünden, die Beine, da sich der Zug immer stärker neigte, in der gleichen Höhe wie sein Kopf. »Schon nach fünf Minuten«, sagte er dann. »Es war sinnlos, noch eine Rettung zu versuchen. Der im Packraum ist auch abgesprungen.« »Und Sie«, fragte der Vierundzwanzigjährige. »Ich bin der Zugführer«, antwortete der andere, »auch habe ich immer ohne Hoffnung gelebt.« »Ohne Hoffnung«, wiederholte der junge Mann, der nun geborgen auf der Glasscheibe des Führerstandes lag, das Gesicht über den Abgrund gepreßt.

DER TUNNEL

»Wir saßen noch in unseren Abteilen und wußten nicht, daß schon alles verloren war«, dachte er. »Es hatte sich noch nichts verändert, wie es schien, doch hatte uns in Wahrheit der Schacht nach der Tiefe zu schon aufgenommen.« Er müsse nun zurück, schrie der Zugführer, »in den Wagen wird die Panik ausgebrochen sein. Alles wird sich nach hinten drängen.« »Gewiß«, antwortete der Vierundzwanzigjährige und dachte an den dicken Schachspieler und an das Mädchen mit seinem Roman und dem roten Haar. Er reichte dem Zugführer seine übrigen Schachteln Ormond Brasil 10. »Nehmen Sie«, sagte er, »Sie werden Ihre Brasil beim Hinüberklettern doch wieder verlieren.« Ob er denn nicht zurückkomme, fragte der Zugführer, der sich aufgerichtet hatte und mühsam den Trichter des Korridors hinaufzukriechen begann. Der junge Mann sah nach den sinnlosen Instrumenten, nach diesen lächerlichen Hebeln und Schaltern, die ihn im gleißenden Licht der Kabine silbern umgaben. »Zweihundertzehn«, sagte er. »Ich glaube nicht, daß Sie es bei dieser Geschwindigkeit schaffen, hinaufzukommen in die Wagen über uns.« »Es ist meine Pflicht«, schrie der Zugführer. »Gewiß«, antwortete der Vierundwanzigjährige, ohne seinen Kopf nach dem sinnlosen Unternehmen des Zugführers zu wenden. »Ich muß es wenigstens versuchen«, schrie der Zugführer noch einmal, nun schon weit oben im Korridor, sich mit Ellbogen und Schenkeln gegen die Metallwände stemmend, doch wie sich die Maschine weiter hinabsenkte, um nun in fürchterlichem Sturz dem Innern der Erde entgegenzurasen, so daß der Zugführer in seinem Schacht direkt über dem Vierundzwanzigjährigen hing, der am Grunde der Maschine auf dem silbernen Fenster des Führerraumes lag, das Gesicht nach unten, ließ seine Kraft nach. Der Zugführer stürzte auf das Schaltbrett und kam blutüberströmt neben den jungen Mann zu liegen, dessen Schultern er umklammerte. »Was sollen wir tun?«

DER TUNNEL

schrie der Zugführer durch das Tosen der ihnen entgegenschnellenden Tunnelwände hindurch dem andern ins Ohr,
der mit seinem fetten Leib, der jetzt nutzlos war und nicht
mehr schützte, unbeweglich auf der Glasscheibe des
Führerstandes klebte und den Abgrund unter ihm in seine
nun zum ersten Mal weit geöffneten Augen sog. »Was sollen
wir tun?« schrie der Zugführer noch einmal, worauf der
Vierundzwanzigjährige, ohne sein Gesicht vom Schauspiel
abzuwenden, während die zwei Wattebüschel durch den
ungeheuren Luftzug, der nun plötzlich hereinbrach, pfeilschnell nach oben in den Schacht über ihnen fegten, mit
einer gespensterhaften Heiterkeit antwortete: »Nichts.«

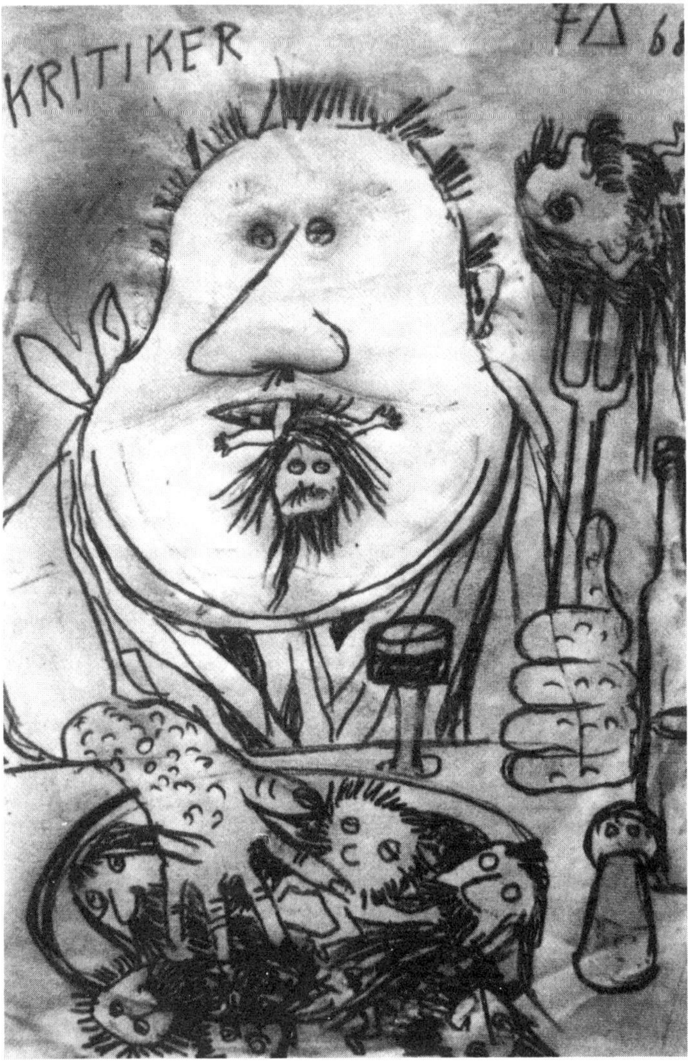
KRITIKER

DIE PANNE

Erster Teil

Gibt es noch mögliche Geschichten, Geschichten für Schriftsteller? Will einer nicht von sich erzählen, romantisch, lyrisch sein Ich verallgemeinern, fühlt er keinen Zwang, von seinen Hoffnungen und Niederlagen zu reden, durchaus wahrhaftig, und von seiner Weise, bei Frauen zu liegen, wie wenn Wahrhaftigkeit dies alles ins Allgemeine transponieren würde und nicht viel mehr ins Medizinische, Psychologische bestenfalls, will einer dies nicht tun, vielmehr diskret zurücktreten, das Private höflich wahren, den Stoff vor sich wie ein Bildhauer sein Material, an ihm arbeitend und an ihm sich entwickelnd und als eine Art Klassiker versuchen, nicht gleich zu verzweifeln, wenn auch der bare Unsinn kaum zu leugnen ist, der überall zum Vorschein kommt, dann wird Schreiben schwieriger und einsamer, auch sinnloser, eine gute Note in der Literaturgeschichte interessiert nicht, wer bekam nicht schon gute Noten, welche Stümpereien würden nicht schon ausgezeichnet, die Forderungen des Tags sind wichtiger. Doch auch hier ein Dilemma und ungünstige Marktlage. Bloße Unterhaltung bietet das Leben, am Abend das Kino, Poesie, die Tageszeitung unter dem Strich, für mehr, doch sozialerweise schon von einem Franken an, wird

DIE PANNE

Seele gefordert, Geständnisse, Wahrhaftigkeit eben, höhere
Werte sollen geliefert werden, Moralien, brauchbare
Sentenzen, irgend etwas soll überwunden oder bejaht werden, bald Christentum, bald gängige Verzweiflung, Literatur,
alles in allem. Doch wenn dies zu produzieren der Autor sich
weigert, immer mehr, immer hartnäckiger, weil er sich zwar
im klaren ist, daß der Grund seines Schreibens bei ihm liegt,
in seinem Bewußten und Unbewußten in je nach Fall dosier-
tem Verhältnis, in seinem Glauben und Zweifeln, jedoch
auch meint, gerade dies gehe das Publikum nun wirklich
nichts an, es genüge, was er schreibt, gestaltet, formt, man
zeige appetitlicherweise die Oberfläche und nur diese,
arbeite an ihr und nur dort, im übrigen sei der Mund zu halten, weder zu kommentieren noch zu schwatzen? Angelangt
bei dieser Erkenntnis, wird er stocken, zögern, ratlos werden,
dies wird kaum zu vermeiden sein. Die Ahnung steigt auf, es
gebe nichts mehr zu erzählen, die Abdankung wird ernstlich
in Erwägung gezogen, vielleicht sind einige Sätze noch
möglich, sonst aber Schwenkung in die Biologie, um der
Explosion der Menschheit, den vorrückenden Milliarden,
den unablässig liefernden Gebärmüttern wenigstens gedank-
lich beizukommen, oder in die Physik, in die Astronomie,
sich ordnungshalber über das Gerüst Rechenschaft abzule-
gen, in welchem wir pendeln. Der Rest für die Illustrierte, für
»Life«, »Match«, »Quick« und für die »Sie und Er«: der
Präsident unter dem Sauerstoffzelt, Onkel Bulganin in seinem Garten, die Prinzessin mit ihrem Tausendsassa von
Flugkapitän, Filmgrößen und Dollargesichter, auswechselbar,
schon aus der Mode, kaum wird von ihnen gesprochen.
Daneben der Alltag eines jeden, westeuropäisch in meinem
Fall, schweizerisch genauer, schlechtes Wetter und
Konjunktur, Sorgen und Plagen, Erschütterungen durch pri-
vate Ereignisse, doch ohne Zusammenhang mit dem
Weltganzen, mit dem Ablauf der Dinge und Undinge, mit

DIE PANNE

dem Abspulen der Notwendigkeiten. Das Schicksal hat die
Bühne verlassen, auf der gespielt wird, um hinter den
Kulissen zu lauern, außerhalb der gültigen Dramaturgie, im
Vordergrund wird alles zum Unfall, die Krankheiten, die
Krisen. Selbst der Krieg wird abhängig davon, ob die
Elektronen-Hirne sein Rentieren voraussagen, doch wird
dies nie der Fall sein, weiß man, gesetzt die
Rechenmaschinen funktionieren, nur noch Niederlagen sind
mathematisch denkbar; wehe nur, wenn Fälschungen statt-
finden, verbotene Eingriffe in die künstlichen Hirne, doch
auch dies weniger peinlich als die Möglichkeit, daß eine
Schraube sich lockert, eine Spüle in Unordnung gerät, ein
Taster falsch reagiert, Weltuntergang aus technischem
Kurzschluß, Fehlschaltung. So droht kein Gott mehr, keine
Gerechtigkeit, kein Fatum wie in der fünften Symphonie,
sondern Verkehrsunfälle, Deichbrüche infolge
Fehlkonstruktion, Explosion einer Atombombenfabrik, her-
vorgerufen durch einen zerstreuten Laboranten, falsch ein-
gestellte Brutmaschinen. In diese Welt der Pannen führt
unser Weg, an dessen staubigem Rande nebst
Reklamewänden für Bally-Schuhe, Studebaker, Eiscreme und
den Gedenksteinen der Verunfallten sich noch einige
mögliche Geschichten ergeben, indem aus einem
Dutzendgesicht die Menschheit blickt, Pech sich ohne
Absicht ins Allgemeine weitet, Gericht und Gerechtigkeit
sichtbar werden, vielleicht auch Gnade, zufällig aufgefangen,
widergespiegelt vom Monokel eines Betrunkenen.

ZWEITER TEIL

Unfall, harmlos zwar, Panne auch hier: Alfredo Traps um
den Namen zu nennen, in der Textilbranche beschäftigt,
fünfundvierzig, noch lange nicht korpulent, angenehme

DIE PANNE

Erscheinung, mit genügenden Manieren, wenn auch eine
gewisse Dressur verratend, indem Primitives, Hausiererhaftes
durchschimmert - dieser Zeitgenosse hatte sich eben noch
mit seinem Studebaker über eine der großen Straßen des
Landes bewegt, konnte schon hoffen, in einer Stunde seinen
Wohnort, eine größere Stadt, zu erreichen, als der Wagen
streikte. Er ging einfach nicht mehr. Hilflos lag die rotlak-
kierte Maschine am Fuße eines kleineren Hügels, über den
sich die Straße schwang; im Norden hatte sich eine
Kumuluswolke gebildet, und im Westen stand die Sonne
immer noch hoch, fast nachmittäglich. Traps rauchte eine
Zigarette und tat dann das Nötige. Der Garagist, der den
Studebaker schließlich abschleppte, erklärte, den Schaden
nicht vor dem andern Morgen beheben zu können, Fehler in
der Benzinzufuhr. Ob dies stimmte, war weder ausfindig zu
machen, noch war ratsam, es zu versuchen; Garagisten ist
man ausgeliefert wie einst Raubrittern, noch früher
Ortsgöttern und Dämonen. Zu bequem, die halbe Stunde
zur nächsten Bahnstation zurückzulegen und die etwas kom-
plizierte, wenn auch kurze Reise nach Hause zu unternehmen, zu seiner Frau, zu seinen vier Kindern, alles Jungen,
beschloß Traps zu übernachten. Es war sechs Uhr abends,
heiß, der längste Tag nahe, das Dorf, an dessen Rand sich
die Garage befand, freundlich, verzettelt gegen bewaldete
Hügel hin, mit einem kleinen Bühl samt Kirche, Pfarrhaus
und einer uralten, mit mächtigen Eisenringen und Stützen
versehenen Eiche, alles solide, proper, sogar die Misthaufen
vor den Bauernhäusern sorgfältig geschichtet und herausge-
putzt. Auch stand irgendwo ein Fabriklein herum und mehrere Pinten und Landgasthöfe, deren einen Traps schon
öfters hatte rühmen hören, doch waren die Zimmer belegt,
eine Tagung der Kleinviehzüchter nahm die Betten in
Anspruch, und der Textilreisende wurde nach einer Villa
gewiesen, wo hin und wieder Leute aufgenommen würden.

DIE PANNE

Traps zögerte. Noch war es möglich, mit der Bahn heimzu-
kehren, doch lockte ihn die Hoffnung, irgendein Abenteuer
zu erleben, gab es doch manchmal in den Dörfern Mädchen,
wie in Großbiestringen neulich, die Textilreisende zu schätzen wußten. So schlug er denn neubelebt den Weg zur Villa
ein. Von der Kirche her Glockengeläute. Kühe trotteten ihm
entgegen, muhten. Das einstöckige Landhaus lag in einem
größeren Garten, die Wände blendend weiß, Flachdach,
grüne Rolläden, halb verdeckt von Büschen, Buchen und
Tannen, gegen die Straße hin Blumen, Rosen vor allem, ein
betagtes Männchen dazwischen mit umgebundener
Lederschürze, möglicherweise der Hausherr, leichte
Gartenarbeit verrichtend.
Traps stellte sich vor und bat um Unterkunft.
»Ihr Beruf?« fragte der Alte, der an den Zaun gekommen
war, eine Brissago rauchend und die Gartentüre kaum über-
ragend.
»In der Textilbranche beschäftigt.«
Der Alte musterte Traps aufmerksam, nach der Weise der
Weitsichtigen über eine kleine randlose Brille blickend:
»Gewiß, hier kann der Herr übernachten.«
Traps fragte nach dem Preis.
Er pflege dafür nichts zu nehmen, erklärte der Alte, er sei
allein, sein Sohn befinde sich in den Vereinigten Staaten,
eine Haushälterin sorge für ihn, Mademoiselle Simone, da
sei er froh, hin und wieder einen Gast zu beherbergen.
Der Textilreisende dankte. Er war gerührt über die
Gastfreund-schaft und bemerkte, auf dem Lande seien eben
die Sitten und Bräuche der Altvordern noch nicht ausgestor-
ben. Die Gartentüre wurde geöffnet. Traps sah sich um.
Kieswege, Rasen, große Schattenpartien, sonnenbeglänzte
Stellen.
Er erwarte einige Herren heute abend, sagte der Alte, als
sie bei den Blumen angelangt waren, und schnitt sorgfältig

DIE PANNE

an einem Rosenstock herum. Freunde kämen, die in der
Nachbarschaft wohnten, teils im Dorf, teils weiter gegen die
Hügel hin, pensioniert wie er selber, hergezogen des milden
Klimas wegen und weil hier der Föhn nicht zu spüren sei,
alle einsam, verwitwet, neugierig auf etwas Neues, Frisches,
Lebendiges, und so sei es ihm denn ein Vergnügen, Herrn
Traps   zum   Abendessen   und   zum   nachfolgenden
Herrenabend einladen zu dürfen.

Der Textilreisende stutzte. Er hatte eigentlich im
Dörfchen essen wollen, im allseits bekannten Landgasthof
eben, doch wagte er nicht, die Aufforderung abzulehnen. Er
fühlte sich verpflichtet. Er hatte die Einladung angenom-
men, kostenlos zu übernachten. Er wollte nicht als ein
unhöflicher Stadtmensch erscheinen. So tat er erfreut. Der
Hausherr führte ihn in den ersten Stock. Ein freundliches
Zimmer. Fließendes Wasser, ein breites Bett, Tisch, beque-
mer Sessel, ein Hodler an der Wand, alte Lederbände im
Büchergestell. Der Textilreisende öffnete sein Köfferchen,
wusch, rasierte sich, hüllte sich in eine Wolke von Eau de
Cologne, trat ans Fenster, zündete eine Zigarette an. Eine
große Sonnenscheibe rutschte gegen die Hügel hinunter,
umstrahlte die Buchen. Er überschlug flüchtig die Geschäfte
dieses Tages, den Auftrag der Rotacher AG, nicht schlecht,
die Schwierigkeiten mit Wildholz, fünf Prozent verlangte der,
Junge, Junge, dem würde er schon den Hals umdrehen.
Dann   tauchten   Erinnerungen   auf.   Alltägliches,
Unordentliches, ein geplanter Ehebruch im Hotel Touring,
die Frage, ob seinem Jüngsten (den er am meisten liebte)
eine elektrische Eisenbahn zu kaufen sei, die Höflichkeit
und eigentlich die Pflicht, seiner Frau zu telephonieren,
Nachricht von seinem ungewollten Aufenthalt zu geben.
Doch unterließ er es. Wie schon oft. Sie war daran gewöhnt
und würde ihm außerdem auch nicht glauben. Er gähnte,
genehmigte eine weitere Zigarette. Er sah zu, wie drei alte

34

DIE PANNE

Herren über den Kiesweg anmarschiert kamen, zwei Arm in
Arm, ein dicker, glatzköpfiger hintendrein. Begrüßung,
Händeschütteln, Umarmungen, Gespräche über Rosen.
Traps zog sich vom Fenster zurück, ging zum Büchergestell.
Nach den Titeln, die er las, war ein langweiliger Abend zu
erwarten: Hotzendorff, Das Verbrechen des Mordes und die
Todesstrafe; Savigny, System des heutigen römischen Rechts;
Ernst David Hölle, Die Praxis des Verhörs. Der
Textilreisende sah klar. Sein Gastgeber war Jurist, vielleicht
ein gewesener Rechtsanwalt. Er machte sich auf umständ-
liche Erörterungen gefaßt, was verstand so ein Studierter
vom wirklichen Leben, nichts, die Gesetze waren ja danach.
Auch war zu befürchten, daß über Kunst oder ähnliches
geredet würde, wobei er sich leicht blamieren konnte, na
gut, wenn er nicht mitten im Geschäftskampf stehen würde,
wäre er auch auf dem laufenden in höheren Dingen. So ging
er denn ohne Lust hinunter, wo man sich in der offenen,
immer noch sonnenbeschienenen Veranda niedergelassen
hatte, während die Haushälterin, eine handfeste Person,
nebenan im Speisezimmer den Tisch deckte. Doch stutzte er,
als er die Gesellschaft sah, die ihn erwartete. Er war froh, daß
ihm fürs erste der Hausherr entgegenkam, nun fast gecken-
haft, die wenigen Haare sorgfältig gebürstet, in einem viel zu
weiten Gehrock. Traps wurde willkommen geheißen. Mit
einer kurzen Rede. So konnte er seine Verwunderung ver-
bergen, murmelte, die Freude sei ganz auf seiner Seite, ver-
neigte sich, kühl, distanziert, spielte den Textilfachmann von
Welt und dachte mit Wehmut, daß er doch nur in diesem
Dorfe geblieben sei, irgendein Mädchen aufzutreiben. Das
war mißlungen. Er sah sich drei weiteren Greisen gegenüber,
die in nichts dem kauzigen Gastgeber nachstanden. Wie
ungeheure Raben füllten sie den sommerlichen Raum mit
den Korbmöbeln und den luftigen Gardinen, uralt, versch-
miert und verwahrlost, wenn auch ihre Gehröcke die beste

DIE PANNE

Qualität aufwiesen, wie er gleich feststellte, wollte man vom
Glatzköpfigen absehen (Pilet mit Namen, siebenundsiebzig
Jahre alt, gab der Hausherr bei der Vorstellerei bekannt, die
nun einsetzte), der steif und würdig auf einem äußerst unbe-
quemen Schemel saß, obgleich doch mehrere angenehme
Stühle herumstanden, überkorrekt hergerichtet, eine weiße
Nelke im Knopfloch und ständig über seinen schwarzgefärb-
ten buschigen Schnurrbart streichend, pensioniert offenbar,
vielleicht ein ehemaliger, durch Glücksfall wohlhabend
gewordener Küster oder Schornsteinfeger, möglicherweise
auch Lokomotivführer. Um so verlotterter dagegen die beiden andern. Der eine (Herr Kummer, zweiundachtzig), noch
dicker als Pilet, unermeßlich, wie aus speckigen Wülsten
zusammengesetzt, saß in einem Schaukelstuhl, das Gesicht
hochrot, gewaltige Säufernase, joviale Glotzaugen hinter
einem goldenen Zwicker, dazu, wohl aus Versehen, ein
Nachthemd unter dem schwarzen Anzug und die Taschen
vollgestopft mit Zeitungen und Papieren, während der
andere (Herr Zorn, sechsundachtzig), lang und hager, ein
Monokel vor das linke Auge geklemmt, Schmisse im Gesicht,
Hakennase, schlohweiße Löwenmähne, eingefallener Mund,
eine vorgestrige Erscheinung alles in allem, die Weste falsch
geknöpft hatte und zwei verschiedene Socken trug.

»Campari?« fragte der Hausherr.

»Aber bitte«, antwortete Traps und ließ sich in einen
Sessel nieder, während der Lange, Hagere ihn interessiert
durch sein Monokel betrachtete:

»Herr Traps wird wohl an unserem Spielchen teilneh-
men?«

»Aber natürlich. Spiele machen mir Spaß.«

Die alten Herren lachelten, wackelten mit den Kopfen.

»Unser Spiel ist vielleicht etwas sonderbar«, gab der
Gastgeber vorsichtig, fast zögernd zu bedenken. »Es besteht
darin, daß wir des Abends unsere alten Berufe spielen.«

DIE PANNE

Die Greise lachelten aufs neue, höflich, diskret.

Traps wunderte sich. Wie er dies verstehen solle?

»Nun«, präzisierte der Gastgeber, »ich war einst Richter, Herr Zorn Staatsanwalt und Herr Kummer Advokat, und so spielen wir denn Gericht. «

»Ach so«, begriff Traps und fand die Idee passabel. Vielleicht war der Abend doch noch nicht verloren.

Der Gastgeber betrachtete den Textilreisenden feierlich. Im allgemeinen, erläuterte er mit milder Stimme, würden die berühmten historischen Prozesse durchgenommen, der Prozeß Sokrates, der Prozeß Jesus, der Prozeß Jeanne d'Arc, der Prozeß Dreyfus, neulich der Reichstagsbrand, und einmal sei Friedrich der Große für unzurechnungsfähig erklärt worden.

Traps staunte. »Das spielt ihr jeden Abend?«

Der Richter nickte. Aber am schönsten sei es natürlich, erklärte er weiter, wenn am lebenden Material gespielt werde, was des öfteren besonders interessante Situationen ergebe, erst vorgestern etwa sei ein Parlamentarier, der im Dorfe eine Wahlrede gehalten und den letzten Zug verpaßt hätte, zu vierzehn Jahren Zuchthaus wegen Erpressung und Bestechung verurteilt worden.

»Ein gestrenges Gericht«, stellte Traps belustigt fest.

»Ehrensache«, strahlten die Greise.

Was er denn für eine Rolle einnehmen könne?

Wieder Lächeln, fast Lachen.

Den Richter, den Staatsanwalt und den Verteidiger hätten sie schon, es seien dies ja auch Posten, die eine Kenntnis der Materie und der Spielregeln voraussetzten, meinte der Gastgeber, nur der Posten eines Angeklagten sei unbesetzt, doch sei Herr Traps in keiner Weise etwa gezwungen mitzuspielen, er möchte dies noch einmal betonen.

Das Vorhaben der alten Herren erheiterte den Textilreisenden. Der Abend war gerettet. Es würde nicht

DIE PANNE

gelehrt zugehen und langweilig, es versprach lustig zu werden. Er war ein einfacher Mensch, ohne allzugroße Denkkraft und Neigung zu dieser Tätigkeit, ein Geschäftsmann, gewitzigt, wenn es sein mußte, der in seiner Branche aufs Ganze ging, daneben gerne gut aß und trank, mit einer Neigung zu handfesten Späßen. Er spiele mit, sagte er, es sei ihm eine Ehre, den verwaisten Posten eines Angeklagten anzunehmen.

Bravo, krächzte der Staatsanwalt und klatschte in die Hände, bravo, das sei ein Manneswort, das nenne er Courage.

Der Textilreisende erkundigte sich neugierig nach dem Verbrechen, das ihm nun zugemutet würde.

Ein unwichtiger Punkt, antwortete der Staatsanwalt, das Monokel reinigend, ein Verbrechen lasse sich immer finden.

Alle lachten.

Herr Kummer erhob sich. »Kommen Sie, Herr Traps«, sagte er beinahe väterlich, »wir wollen doch den Porto noch probieren, den es hier gibt; er ist alt, den müssen Sie kennenlernen.

Er führte Traps ins Speisezimmer. Der große runde Tisch war nun aufs festlichste gedeckt. Alte Stühle mit hohen Lehnen, dunkle Bilder an den Wänden, altmodisch, solide alles, von der Veranda her drang das Plaudern der Greise, durch die offenen Fenster flimmerte der Abendschein, drang das Gezwitscher der Vögel, und auf einem Tischchen standen Flaschen, weitere noch auf dem Kamin, die Bordeaux in Körbchen gelagert. Der Verteidiger goß sorgfältig und etwas zittrig aus einer alten Flasche Porto in zwei kleine Gläser, füllte sie bis zum Rande, stieß mit dem Textilreisenden auf dessen Gesundheit an, vorsichtig, die Gläser mit der kostbaren Flüssigkeit kaum in Berührung bringend.

Traps kostete. »Vortrefflich«, lobte er.

DIE PANNE

»Ich bin Ihr Verteidiger, Herr Traps«, sagte Herr
Kummer. »Da heißt es zwischen uns beiden: Auf gute
Freundschaft !«

»Auf gute Freundschaft!«

Es sei am besten, meinte der Advokat und rückte mit seinem roten Gesicht, mit seiner Säufernase und seinem
Zwicker näher an Traps heran, so daß sein Riesenbauch ihn
berührte, eine unangenehme weiche Masse, es sei am besten,
wenn der Herr ihm sein Verbrechen gleich anvertraue. So
könne er garantieren, daß man beim Gericht auch dur-
chkäme. Die Situation sei zwar nicht gefährlich, doch auch
nicht zu unterschätzen, der lange hagere Staatsanwalt,
immer noch im Besitz seiner geistigen Kräfte, sei zu fürch-
ten, und dann neige der Gastgeber leider zur Strenge und
vielleicht sogar zur Pedanterie, was sich im Alter - er zähle
siebenundachtzig - noch verstärkt habe. Trotzdem aber sei es
ihm, dem Verteidiger, gelungen, die meisten Fälle durchzu-
bringen, oder es wenigstens nicht zum Schlimmsten kommen zu lassen. Nur einmal bei einem Raubmord sei wirklich
nichts zu retten gewesen. Aber ein Raubmord komme hier
wohl nicht in Frage, wie er Herrn Traps einschätze, oder
doch?

Er habe leider kein Verbrechen begangen, lachte der
Textilreisende. Und dann sagte er: »Prosit!«

»Gestehen Sie es mir,« munterte ihn der Verteidiger auf.
»Sie brauchen sich nicht zu schämen. Ich kenne das Leben,
wundere mich über nichts mehr. Schicksale sind an mir vorü-
bergegangen, Herr Traps, Abgründe taten sich auf, das können Sie mir glauben.«

Es tue ihm leid, schmunzelte der Textilreisende, wirklich,
er sei ein Angeklagter, der ohne Verbrechen dastehe, und im
übrigen sei es die Sache des Staatsanwaltes, eines zu finden,
er habe es selber gesagt, und da wolle er ihn nun beim Wort
nehmen. Spiel sei Spiel. Er sei neugierig, was herauskomme.

39

DIE PANNE

Ob es denn ein richtiges Verhör gebe?

»Will ich meinen!«

»Da freue ich mich aber darauf.«

Der Verteidiger machte ein bedenkliches Gesicht.

»Sie fühlen sich unschuldig, Herr Traps?«

Der Textilreisende lachte: »Durch und durch«, und das Gespräch kam ihm äußerst lustig vor.

Der Verteidiger reinigte seinen Zwicker.

»Schreiben Sie sich's hinter die Ohren, junger Freund, Unschuld hin oder her, auf die Taktik kommt es an! Es ist halsbrecherisch - gelinde ausgedrückt - , vor unserem Gericht unschuldig sein zu wollen, im Gegenteil, es ist am klügsten, sich gleich eines Verbrechens zu bezichtigen, zum Beispiel, gerade für Geschäftsleute vorteilhaft: Betrug. Dann kann sich immer noch beim Verhör herausstellen, daß der Angeklagte übertreibt, daß eigentlich kein Betrug vorliegt, sondern etwa eine harmlose Vertuschung von Tatsachen aus Reklamegründen, wie sie im Handel öfters üblich ist. Der Weg von der Schuld zur Unschuld ist zwar schwierig, doch nicht unmöglich, dagegen ist es geradezu hoffnungslos, seine Unschuld bewahren zu wollen, und das Resultat verheerend. Sie verlieren, wo Sie doch gewinnen könnten, auch sind Sie nun gezwungen, die Schuld nicht mehr wählen zu dürfen, sondern sich aufzwingen zu lassen.«

Der Textilreisende zuckte amüsiert die Achseln, er bedaure, nicht dienen zu können, aber er sei sich keiner Übeltat bewußt, die ihn mit dem Gesetz in Konflikt gebracht habe, beteuerte er.

Der Verteidiger setzte seinen Zwicker wieder auf. Mit Traps werde er Mühe haben, meinte er nachdenklich, das werde hart auf hart gehen. »Doch vor allem«, schloß er die Unterredung,» überlegen Sie sich jedes Wort, plappern Sie nicht einfach vor sich hin, sonst sehen Sie sich plötzlich zu

DIE PANNE

einer langjährigen Zuchthausstrafe verurteilt, ohne daß noch zu helfen wäre.«

Dann kamen die übrigen. Man setzte sich um den runden Tisch. Gemütliche Tafelrunde, Scherzworte. Zuerst wurden verschiedene Vorspeisen serviert, Aufschnitt, russische Eier, Schnecken, Schildkrötensuppe. Die Stimmung war vortrefflich, man löffelte vergnügt, schlurfte ungeniert.

»Nun, Angeklagter, was haben Sie uns vorzuweisen, ich hoffe einen schönen, stattlichen Mord«, krächzte der Staatsanwalt.

Der Verteidiger protestierte: »Mein Klient ist ein Angeklagter ohne Verbrechen, eine Seltenheit in der Justiz sozusagen. Behauptet unschuldig zu sein.«

»Unschuldig?« wunderte sich der Staatsanwalt. Die Schmisse leuchteten rot auf, das Monokel fiel ihm beinahe in den Teller, pendelte hin und her an der schwarzen Schnur. Der zwerghafte Richter, der eben Brot in die Suppe brockte, hielt inne, betrachtete den Textilreisenden vorwurfsvoll, schüttelte den Kopf, und auch der Glatzköpfige, Schweigsame mit der weißen Nelke starrte ihn erstaunt an. Die Stille war beängstigend. Kein Löffel und Gabelgeräusch, kein Schnaufen und Schlürfen war zu vernehmen. Nur Simone im Hintergrund kicherte leise.

»Müssen wir untersuchen«, faßte der Staatsanwalt sich endlich. »Was es nicht geben kann, gibt es nicht.«

»Nur zu«, lachte Traps. »Ich stehe zur Verfügung!«

Zum Fisch gab es Wein, einen leichten spritzigen Neuchâteller. »Nun denn,« sagte der Staatsanwalt, seine Forelle auseinandernehmend, »wollen mal sehen. Verheiratet?«

»Seit elf Jahren.«

»Kinderchen?«

»Vier.«

»Beruf?«

»In der Textilbranche.«

DIE PANNE

»Also Reisender, lieber Herr Traps?«

»Generalvertreter.«

»Schön. Erlitten eine Panne?«

»Zufällig. Zum ersten Mal seit einem Jahr.«

»Ach. Und vor einem Jahr?«

»Nun, da fuhr ich noch den alten Wagen«, erklärte Traps. »Einen Citroën 1939, doch jetzt besitze ich einen Studebaker, rotlackiertes Extramodell.«

»Studebaker, ei, interessant, und erst seit kurzem? Waren wohl vorher nicht Generalvertreter?«

»Ein simpler, gewöhnlicher Reisender in Textilien.«

»Konjunktur«, nickte der Staatsanwalt.

Neben Traps saß der Verteidiger. »Passen Sie auf«, flüsterte er.

Der Textilreisende, der Generalvertreter, wie wir jetzt sagen dürfen, machte sich sorglos hinter ein Beefsteak Tartar, träufelte Zitrone darüber, sein Rezept, etwas Kognak, Paprika und Salz. Ein angenehmeres Essen sei ihm noch nie vorgekommen, strahlte er dabei, er habe stets die Abende in der Schlaraffia für das Amüsanteste gehalten, was seinesgleichen erleben könne, doch dieser Herrenabend bereite noch größeren Spaß.

»Aha«, stellte der Staatsanwalt fest, »Sie gehören der Schlaraffia an. Welchen Spitznamen führen Sie denn dort?«

»Marquis de Casanova.«

»Schön«, krächzte der Staatsanwalt freudig, als ob die Nachricht von Wichtigkeit wäre, das Monokel wieder eingeklemmt. »Uns allen ein Vergnügen, dies zu hören. Darf von Ihrem Spitznamen auf Ihr Privatleben geschlossen werden, mein Bester?«

»Aufgepaßt«, zischte der Verteidiger.

»Lieber Herr«, antwortete Traps. »Nur bedingt. Wenn mir mit Weibern etwas Außereheliches passiert, so nur zufälligerweise und ohne Ambition.«

42

DIE PANNE

Ob Herr Traps die Güte hätte, der versammelten Runde sein Leben in kurzen Zügen bekannt geben zu wollen, fragte der Richter, Neuchâteller nachfüllend. Da man ja beschlossen habe, über den lieben Gast und Sünder zu Gericht zu sitzen und ihn womöglich auf Jahre hinaus zu verknurren, sei es nur angemessen, Näheres, Privates, Intimes zu erfahren, Weibergeschichten, wenn möglich gesalzen und gepfeffert.

»Erzählen, erzählen!« forderten die alten Herren den Generalvertreter kichernd auf. Einmal hätten sie einen Zuhälter am Tisch gehabt, der hatte die spannendsten und pikantesten Dinge aus seinem Métier erzählt und sei zu alledem mit nur vier Jahren Zuchthaus davongekommen.

»Nu, nu«, lachte Traps mit, »was gibt es schon von mir zu erzählen. Ich führe ein alltägliches Leben, meine Herren, ein kommunes Leben, wie ich gleich gestehen will. Pupille!«

»Pupille!«

Der Generalvertreter hob sein Glas, fixierte gerührt die starren, vogelartigen Augen der vier Alten, die an ihm hafteten, als wäre er ein spezieller Leckerbissen, und dann stießen die Gläser aneinander.

Draußen war die Sonne nun endlich untergegangen, und auch der Höllenlärm der Vögel verstummt, aber noch lag die Landschaft taghell da, die Gärten und die roten Dächer zwischen den Bäumen, die bewaldeten Hügel und in der Ferne die Vorberge und einige Gletscher, Friedensstimmung, Stille einer ländlichen Gegend, feierliche Ahnung von Glück, Gottessegen und kosmischer Harmonie.

Eine harte Jugend habe er durchgemacht, erzählte Traps, während Simone die Teller wechselte und eine dampfende Riesenschüssel auftischte. Champignons à la Crème. Sein Vater sei Fabrikarbeiter gewesen, ein Proletarier, den Irrlehren von Marx und Engels verfallen, ein verbitterter, freudloser Mann, der sich um sein einziges Kind nie gekümmert habe, die Mutter Wäscherin, früh verblüht.

DIE PANNE

»Nur die Primarschule durfte ich besuchen, nur die Primarschule«, stellte er fest, Tränen in den Augen, erbittert und gerührt zugleich über seine karge Vergangenheit, während man mit einem Réserve des Maréchaux anstieß.

»Eigenartig«, sagte der Staatsanwalt, »eigenartig. Nur die Primarschule. Haben sich aber mit Leibeskräften heraufgearbeitet, mein Verehrter.«

»Das will ich meinen«, prahlte dieser, vom Maréchaux angefeuert, beschwingt vom geselligen Beisammensein, von der feierlichen Gotteswelt vor den Fenstern. »Das will ich meinen. Noch vor zehn Jahren war ich nichts als ein Hausierer und zog mit einem Köfferchen von Haus zu Haus. Harte Arbeit, tippeln, übernachten in Heuschobern, zweifelhaften Herbergen. Von unten fing ich an in meiner Branche, ganz von unten. Und jetzt, meine Herren, wenn Sie mein Bankkonto sähen! Ich will mich nicht rühmen, aber hat jemand von euch einen Studebaker?«

»Seien Sie doch vorsichtig«, flüsterte der Verteidiger besorgt.

Wie denn das gekommen sei, fragte der Staatsanwalt neugierig.

Er solle aufpassen und nicht zuviel reden, mahnte der Verteidiger.

Er habe die Alleinvertretung der »Hephaiston« auf diesem Kontinent übernommen, verkündete Traps und schaute sich triumphierend um. Nur Spanien und der Balkan seien in anderen Händen.

Hephaistos sei ein griechischer Gott, kicherte der kleine Richter, Champignons auf seinen Teller häufend, ein gar großer Kunstschmied, der die Liebesgöttin und ihren Galan, den Kriegsgott Ares, in einem so feingeschmiedeten und unsichtbaren Netz gefangen habe, daß sich die übrigen Götter nicht genug über diesen Fang hätten freuen können, aber was der Hephaiston bedeute, dessen Alleinvertretung

44

DIE PANNE

der verehrte Herr Traps übernommen habe, sei ihm schleierhaft.

»Und doch sind Sie nahe daran, verehrter Gastgeber und Richter«, lachte Traps. »Sie sagen selbst: schleierhaft, und der mir unbekannte griechische Gott fast gleichen Namens mit meinem Artikel habe ein gar feines und unsichtbares Netz gesponnen. Wenn es heute Nylon, Perlon, Myrlon gibt, Kunststoffe, von denen das hohe Gericht doch wohl gehört hat, so gibt es auch Hephaiston, den König der Kunststoffe, unzerreißbar, durchsichtig, doch dabei gerade für Rheumatiker eine Wohltat, ebenso verwendbar in der Industrie wie in der Mode, für den Krieg wie für den Frieden. Der vollendete Stoff für Fallschirme und zugleich die pikanteste Materie für Nachthemden schönster Damen, wie ich aus eigener Forschung weiß.«

»Hört, hört«, quakten die Greise, »eigene Forschung, das ist gut«, und Simone wechselte aufs neue die Teller, brachte einen Kalbsnierenbraten.

»Ein Festessen«, strahlte der Generalvertreter.

»Freut mich«, sagte der Staatsanwalt, »daß Sie so etwas zu würdigen wissen, und mit Recht! Beste Ware wird uns vorgesetzt und in genügenden Mengen, ein Menü wie aus dem vorigen Jahrhundert, da die Menschen noch zu essen wagten. Loben wir Simone! Loben wir unseren Gastgeber! Kauft er doch selber ein, der alte Gnom und Gourmet, und was die Weine betrifft, sorgt Pilet für sie als Ochsenwirt im Nachbardörfchen. Loben wir auch ihn! Doch wie steht es nun mit Ihnen, mein Tüchtiger? Durchforschen wir Ihren Fall weiter. Ihr Leben kennen wir nun, es war ein Vergnügen, einen kleinen Einblick zu erhalten, und auch über Ihre Tätigkeit herrscht Klarheit. Nur ein unwichtiger Punkt ist noch nicht geklärt: Wie kamen Sie beruflich zu einem so lukrativen Posten? Allein durch Fleiß, durch eiserne Energie?«

DIE PANNE

»Aufpassen«, zischte der Verteidiger. »Jetzt wird's gefährlich. «

Das sei nicht so leicht gewesen, antwortete Traps und sah begierig zu, wie der Richter den Braten zu tranchieren begann, er habe zuerst Gygax besiegen müssen, und das sei eine harte Arbeit gewesen.

»Ei, und Herr Gygax, wer ist denn dies wieder?«

»Mein früherer Chef.«

»Er mußte verdrängt werden, wollen Sie sagen?«

»Auf die Seite geschafft mußte er werden, um im rauhen Ton meiner Branche zu bleiben«, antwortete Traps und bediente sich mit Sauce. »Meine Herren, Sie werden ein offenes Wort ertragen. Es geht hart zu im Geschäftsleben, wie du mir, so ich dir, wer da ein Gentleman sein will, bitte schön, kommt um. Ich verdiene Geld wie Heu, doch ich schufte auch wie zehn Elefanten, jeden Tag spule ich meine sechshundert Kilometer mit meinem Studebaker herunter. So ganz fair bin ich nicht vorgegangen, als es hieß, dem alten Gygax das Messer an die Kehle zu setzen und zuzustoßen, aber ich mußte vorwärtskommen, was will einer, Geschäft ist schließlich Geschäft.«

Der Staatsanwalt sah neugierig vom Kalbsnierenbraten auf. »Auf die Seite schaffen, das Messer an die Kehle setzen, zustoßen, das sind ja ziemlich bösartige Ausdrücke, lieber Traps.«

Der Generalvertreter lachte: »Sie sind natürlich nur im übertragenen Sinne zu verstehen.«

»Herr Gygax befindet sich wohl, Verehrtester?«

»Er ist letztes Jahr gestorben.«

»Sind Sie toll?« zischte der Verteidiger aufgeregt. »Sie sind wohl ganz verrückt geworden!«

»Letztes Jahr«, bedauerte der Staatsanwalt. »Das tut mir aber leid. Wie alt ist er denn geworden?«

»Zweiundfünfzig. «

DIE PANNE

»Blutjung. Und woran ist er gestorben?«

»An irgendeiner Krankheit.«

»Nachdem Sie seinen Posten erhalten hatten?«

»Kurz vorher.«

»Schön, mehr brauche ich einstweilen nicht zu wissen«, sagte der Staatsanwalt. »Glück, wir haben Glück. Ein Toter ist aufgestöbert, und das ist schließlich die Hauptsache.«

Alle lachten. Sogar Pilet, der Glatzköpfige, der andächtig vor sich hin aß, pedantisch, unbeirrbar, unermeßliche Mengen hinunterschlingend, sah auf.

»Fein«, sagte er und strich sich über den schwarzen Schnurrbart.

Dann schwieg er und aß weiter.

Der Staatsanwalt hob feierlich sein Glas. »Meine Herren«, erklärte er, »auf diesen Fund hin wollen wir den Pichon-Longueville 1933 goutieren. Ein guter Bordeaux zu einem guten Spiel!«

Sie stießen aufs neue an, tranken einander zu.

»Donnerwetter, meine Herren!« staunte der Generalvertreter, den Pichon in einem Zuge leerend und das Glas dem Richter hinhaltend: »Das schmeckt aber riesig!«

Die Dämmerung war angebrochen und die Gesichter der Versammelten kaum mehr zu erkennen. Die ersten Sterne waren in den Fenstern zu ahnen, und die Haushälterin zündete drei große schwere Leuchter an, die das Schattenbild der Tafelrunde wie den wunderbaren Blütenkelch einer phantastischen Blume an die Wände malten. Trauliche, gemütliche Stimmung, Sympathie allerseits, Lockerung der Umgangsformen, der Sitten.

»Wie im Märchen«, staunte Traps.

Der Verteidiger wischte sich mit der Serviette den Schweiß von der Stirne. »Das Märchen, lieber Traps«, sagte er, »sind Sie. Es ist mir noch nie ein Angeklagter begegnet, der mit größerer Seelenruhe so unvorsichtige Aussagen gemacht hätte.«

47

DIE PANNE

Traps lachte: »Keine Bange, lieber Nachbar! Wenn erst einmal das Verhör beginnt, werde ich schon den Kopf nicht verlieren.«

Totenstille im Zimmer, wie schon einmal. Kein Schmatzen mehr, kein Schlürfen.

»Sie Unglücksmensch!« ächzte der Verteidiger. »Was meinen Sie damit: Wenn erst einmal das Verhör beginnt?«

»Nun«, sagte der Generalvertreter, Salat auf den Teller häufend, »hat es etwa schon begonnen?«

Die Greise schmunzelten, sahen pfiffig drein, verschmitzt, meckerten endlich vor Vergnügen.

Der Stille, Ruhige, Glatzköpfige kicherte: »Er hat es nicht gemerkt, er hat es nicht gemerkt!«

Traps stutzte, war verblüfft, die spitzbübische Heiterkeit kam ihm unheimlich vor, ein Eindruck, der sich freilich bald verflüchtigte, so daß er mitzulachen begann: »Meine Herren, verzeihen Sie«, sagte er, »ich dachte mir das Spiel feierlicher, würdiger, förmlicher, mehr Gerichtssaal.«

»Liebster Herr Traps«, klärte ihn der Richter auf, »Ihr bestürztes Gesicht ist nicht zu bezahlen. Unsere Art, Gericht zu halten, scheint Ihnen fremd und allzu munter, sehe ich. Doch, Wertgeschätzter, wir vier an diesem Tisch sind pensioniert und haben uns vom unnötigen Wust der Formeln, Protokolle, Schreibereien, Gesetze und was sonst noch für Kram unsere Gerichtssäle belastet, befreit. Wir richten ohne Rücksicht auf die lumpigen Gesetzbücher und Paragraphen.«

»Mutig«, entgegnete Traps mit schon etwas schwerer Zunge, »mutig. Meine Herren, das imponiert mir. Ohne Paragraphen, das ist eine kühne Idee.«

Der Verteidiger erhob sich umständlich. Er gehe Luft schnappen, verkündete er, bevor es zum Hähnchen und zum übrigen komme, ein kleines Gesundheits-Spaziergänglein und eine Zigarette seien nun an der Zeit, und er lade Herrn Traps ein, ihn zu begleiten.

DIE PANNE

Sie traten von der Veranda in die Nacht hinaus, die nun endlich hereingebrochen war, warm und majestätisch. Von den Fenstern des Eßzimmers her lagen goldene Lichtbänder über dem Rasen, erstreckten sich bis zu den Rosenbeeten. Der Himmel voller Sterne, mondlos, als dunkle Masse standen die Bäume da, und die Kieswege zwischen ihnen waren kaum zu erraten, über die sie nun schritten. Sie hatten sich den Arm gegeben. Beide waren schwer vom Wein, torkelten und schwankten auch hin und wieder, gaben sich Mühe, schön gerade zu gehen, und rauchten Zigaretten, Parisiennes, rote Punkte in der Finsternis.

»Mein Gott«, schöpfte Traps Atem, »war dies ein Jux da drinnen«, und wies nach den erleuchteten Fenstern, in denen eben die massige Silhouette der Haushälterin sichtbar wurde. »Vergnüglich geht's zu, vergnüglich.«

»Lieber Freund«, sagte der Verteidiger wankend und sich auf Traps stützend, »bevor wir zurückgehen und unser Hähnchen in Angriff nehmen, lassen Sie mich ein Wort an Sie richten, ein ernstes Wort, das Sie beherzigen sollten. Sie sind mir sympathisch, junger Mann, ich fühle zärtlich für Sie, ich will wie ein Vater zu Ihnen reden: Wir sind im schönsten Zuge, unseren Prozeß in Bausch und Bogen zu verlieren!«

»Das ist Pech«, antwortete der Generalvertreter und steuerte den Verteidiger vorsichtig den Kiesweg entlang um die große schwarze, kugelrunde Masse eines Gebüschs herum. Dann kam ein Teich, sie ahnten eine Steinbank, setzten sich. Sterne spiegelten sich im Wasser, Kühle stieg auf. Vom Dorfe her Handharmonikaklänge und Gesang, auch ein Alphorn war jetzt zu hören, der Kleinviehzuchterverband feierte.

»Sie müssen sich zusammennehmen«, mahnte der Verteidiger. »Wichtige Bastionen sind vom Feind genommen; der tote Gygax, unnötigerweise aufgetaucht durch Ihr hemmungsloses Geschwätz, droht mächtig, all dies ist

49

DIE PANNE

schlimm, ein ungeübter Verteidiger müßte die Waffen strek-
ken, doch mit Zähigkeit, unter Ausnutzung aller Chancen
und vor allem mit der größten Vorsicht und Disziplin
Ihrerseits kann ich noch Wesentliches retten.«

Traps lachte. Das sei ein gar zu komisches
Gesellschaftsspiel, stellte er fest, in der nächsten Sitzung der
Schlaraffia müsse dies unbedingt auch eingeführt werden.

»Nicht wahr?« freute sich der Verteidiger, »man lebt auf.
Hingesiecht bin ich, lieber Freund, nachdem ich meinen
Rücktritt genommen hatte und plötzlich ohne
Beschäftigung, ohne meinen alten Beruf in diesem Dörfchen
das Alter genießen sollte. Was ist denn hier auch los? Nichts,
nur der Föhn nicht zu spüren, das ist alles. Gesundes Klima?
Lächerlich, ohne geistige Beschäftigung. Der Staatsanwalt lag
im Sterben, bei unserem Gastfreund vermutete man
Magenkrebs, Pilet litt an einem Diabetes, mir machte der
Blutdruck zu schaffen. Das war das Resultat. Ein
Hundeleben. Hin und wieder saßen wir traurig zusammen,
erzählten sehnsüchtig von unseren alten Berufen und
Erfolgen, unsere einzige spärliche Freude. Da kam der
Staatsanwalt auf den Einfall, das Spiel einzuführen, der
Richter stellte das Haus und ich mein Vermögen zur
Verfügung - na ja, ich bin Junggeselle, und als jahrzehntelan-
ger Anwalt der oberen Zehntausend legt man sich ein
hübsches Sümmchen auf die Seite, mein Lieber, kaum zu
glauben, wie sich ein freigesprochener Raubritter der
Hochfinanz seinem Verteidiger splendide erweist, das grenzt
an Verschwendung -, und es wurde unser Gesundbrunnen,
dieses Spiel; die Hormone, die Mägen, die
Bauchspeicheldrüsen kamen wieder in Ordnung, die
Langeweile verschwand, Energie, Jugendlichkeit, Elastizität,
Appetit stellten sich wieder ein; sehen Sie mal«, und er
machte trotz seinem Bauch einige Turnübungen, wie Traps
undeutlich in der Dunkelheit bemerken konnte. »Wir spie-

DIE PANNE

len mit den Gästen des Richters, die unsere Angeklagten abgeben«, fuhr der Verteidiger fort, nachdem er sich wieder gesetzt hatte, »bald mit Hausierern, bald mit Ferienreisenden, und vor zwei Monaten durften wir gar einen deutschen General zu zwanzig Jahren Zuchthaus verurteilen. Er kam hier durchgewandert mit seiner Gattin, nur meine Kunst rettete ihn vor dem Galgen.«

»Großartig«, staunte Traps, »diese Produktion! Doch das mit dem Galgen kann nicht gut stimmen, da übertreiben Sie ein bißchen, verehrter Herr Rechtsanwalt, denn die Todesstrafe ist ja abgeschafft.«

»In der staatlichen Justiz«, stellte der Verteidiger richtig, »doch wir haben es hier mit einer privaten Justiz zu tun und führten sie wieder ein: Gerade die Möglichkeit der Todesstrafe macht unser Spiel so spannend und eigenartig.«

»Und einen Henker habt ihr wohl auch, wie?« lachte Traps.

»Natürlich«, bejahte der Verteidiger stolz; »haben wir auch. Pilet.«

»Pilet?«

»Überrascht, wie?«

Traps schluckte einige Male. »Der ist doch Ochsenwirt und sorgt für die Weine, die wir trinken.«

»Gastwirt war er immer«, schmunzelte der Verteidiger gemütlich. »Übte seine staatliche Tätigkeit nur nebenberuflich aus. Ehrenamtlich beinah. War einer der tüchtigsten seines Fachs im Nachbarlande, nun auch schon zwanzig Jahre pensioniert, doch immer noch auf dem laufenden in seiner Kunst.«

Ein Automobil fuhr durch die Straße, und im Lichte der Scheinwerfer leuchtete der Rauch der Zigaretten auf. Sekundenlang sah Traps auch den Verteidiger, die unmäßige Gestalt im verschmierten Gehrock, das fette, zufriedene, gemüt-

liche Gesicht. Traps zitterte. Kalter Schweiß lag auf seiner Stirne.

»Pilet.«

Der Verteidiger stutzte: »Aber was haben Sie denn auf einmal, guter Traps? Spüre, daß Sie zittern. Ist Ihnen nicht wohl?«

Er sah den Kahlköpfigen vor sich, der doch eigentlich ziemlich stumpfsinnig mitgetafelt hatte, es war eine Zumutung, mit so einem zu essen. Aber was konnte der arme Kerl für seinen Beruf - die milde Sommernacht, der noch mildere Wein stimmten Traps human, tolerant, vorurteilslos, er war schließlich ein Mann, der vieles gesehen hatte und die Welt kannte, kein Mucker und Spießer, nein, ein Textilfachmann von Format, ja es schien Traps nun, der Abend wäre ohne Henker weniger lustig und ergötzlich, und er freute sich schon, das Abenteuer bald in der Schlaraffia zum besten geben zu können, wohin man den Henker sicher auch einmal kommen lassen würde gegen ein kleines Honorar und Spesen, und so lachte er denn schließlich befreit auf: »Bin reingefallen! Habe mich gefürchtet! Das Spiel wird immer lustiger!«

»Vertrauen gegen Vertrauen«, sagte der Verteidiger, als sie sich erhoben hatten und Arm in Arm, vom Licht der Fenster geblendet, gegen das Haus hintappten. »Wie brachten Sie Gygax um?«

»Ich soll ihn umgebracht haben?«

»Na, wenn er doch tot ist.«

»Ich brachte ihn aber nicht um.«

Der Verteidiger blieb stehen. »Mein lieber junger Freund«, entgegnete er teilnehmend, »ich begreife die Bedenken. Von den Verbrechen sind die Morde am peinlichsten zu gestehen. Der Angeklagte schämt sich, will seine Tat nicht wahrhaben, vergißt, verdrängt sie aus dem Gedächtnis, ist überhaupt voller Vorurteile der

DIE PANNE

Vergangenheit gegenüber, belastet sich mit übertriebenen
Schuldgefühlen und traut niemandem, selbst seinem väterli-
chen Freunde nicht, dem Verteidiger, was gerade das
Verkehrteste ist, denn ein rechter Verteidiger liebt den
Mord, jubelt auf, bringt man ihm einen. Her damit, lieber
Traps! Mir wird erst wohl, wenn ich vor einer wirklichen
Aufgabe stehe, wie ein Alpinist vor einem schwierigen
Viertausender, wie ich als alter Bergsteiger sagen darf. Da
fängt das Hirn an zu denken und zu dichten, zu schnurren
und zu schnarren, daß es eine Freude ist. So ist denn auch
Ihr Mißtrauen der große, ja ich darf sagen, der entschei-
dende Fehler, den Sie machen. Darum, heraus mit dem
Geständnis, alter Knabe!«

Er habe aber nichts zu gestehen, beteuerte der
Generalvertreter.

Der Verteidiger stutzte. Grell beschienen vom Fenster,
aus dem Gläserklirren und Lachen immer übermutiger
schwoll, glotzte er Traps an.

»Junge, Junge«, brummte er mißbilligend, »was heißt das
wieder? Wollen Sie denn Ihre falsche Taktik immer noch
nicht aufgeben und immer noch den Unschuldigen spielen?
Haben Sie denn noch nicht kapiert? Gestehen muß man, ob
man will oder nicht, und zu gestehen hat man immer was,
das dürfte Ihnen doch langsam dämmern! Wohlan denn, lieber Freund, weder geziert noch gezaudert, sondern frisch
von der Leber weg gesprochen: Wie brachten Sie Gygax um?
Im Affekt, nicht? Da müßten wir uns auf eine Anklage auf
Totschlag gefaßt machen. Wette, daß der Staatsanwalt
dahinsteuert. Habe so meine Vermutung. Kenne den
Burschen.«

Traps schüttelte den Kopf. »Mein lieber Herr
Verteidiger«, sagte er, »der besondere Reiz unseres Spiels
besteht darin – wenn ich als Anfänger und ganz
unmaßgeblich meine Meinung äußern darf – daß es einem

53

dabei unheimlich und gruselig wird. Das Spiel droht in die Wirklichkeit umzukippen. Man fragt sich auf einmal, ob man nun eigentlich ein Verbrecher sei oder nicht, ob man den alten Gygax umgebracht habe oder nicht. Es ist mir bei Ihrer Rede fast wirblig geworden. Und darum, Vertrauen gegen Vertrauen: Ich bin unschuldig am Tode des alten Gangsters. Wirklich.« Damit traten sie wieder ins Speisezimmer, wo das Hähnchen schon serviert war und ein Château Pavie 1921 in den Gläsern funkelte.

Traps, in Stimmung, begab sich zum Ernsten, Schweigenden, Glatzköpfigen, drückte ihm die Hand. Er habe vom Verteidiger seinen ehemaligen Beruf erfahren, sagte er, er wolle betonen, daß es nichts Angenehmeres geben könne, als einen so wackeren Mann am Tische zu wissen, er kenne keine Vorurteile, im Gegenteil, und Pilet, über seinen gefärbten Schnurrbart streichend, murmelte errötend, etwas geniert und in einem entsetzlichen Dialekt: »Freut mich, freut mich, werd mir Mühe geben.«

Nach dieser rührenden Verbrüderung mundete denn auch das Hähnchen vortrefflich. Es war nach einem Geheimrezept Simones zubereitet, wie der Richter verkundete. Man schmatzte, aß mit den Händen, lobte das Meisterwerk, trank, stieß auf jedermanns Gesundheit an, leckte die Sauce von den Fingern, fühlte sich wohl, und in aller Gemütlichkeit nahm der Prozeß seinen Fortgang. Der Staatsanwalt, eine Serviette umgebunden und das Hähnchen vor dem schnabelartigen, schmatzenden Munde, hoffte, zum Geflügel ein Geständnis serviert zu bekommen. »Gewiß, liebster und ehrenhaftester Angeklagter«, forschte er, »haben Sie Gygax vergiftet.«

»Nein«, lachte Traps, »nichts dergleichen.«

»Nun, sagen wir: erschossen?«

»Auch nicht.«

»Einen heimlichen Autounfall arrangiert?«

DIE PANNE

Alles lachte, und der Verteidiger zischte wieder einmal: »Aufpassen, das ist eine Falle!«

»Pech, Herr Staatsanwalt, ausgesprochen Pech«, rief Traps übermütig aus: »Gygax starb an einem Herzinfarkt, und es war nicht einmal der erste, den er erlitt. Schon Jahre vorher erwischte es ihn, er mußte aufpassen. wenn er nach außen auch den gesunden Mann spielte, bei jeder Aufregung war zu befürchten, daß es sich wiederhole, ich weiß es bestimmt.«

»Ei, und von wem denn?«

»Von seiner Frau, Herr Staatsanwalt. «

»Von seiner Frau?«

»Aufpassen, um Himmelswillen«, flüsterte der Verteidiger.

Der Château Pavie 1921 übertraf die Erwartungen. Traps war schon beim vierten Glas, und Simone hatte eine Extraflasche in seine Nähe gestellt. Da staune der Staatsanwalt, prostete der Generalvertreter den alten Herren zu, doch damit das hohe Gericht nicht etwa glaube, er verheimliche was, wolle er die Wahrheit sagen und bei der Wahrheit bleiben, auch wenn ihn der Verteidiger mit seinem »Aufpassen!« umzische. Mit Frau Gygax nämlich habe er was gehabt, nun ja, der alte Gangster sei oft auf Reisen gewesen und habe sein gutgebautes und leckeres Frauchen aufs grausamste vernachlässigt; da habe er hin und wieder den Tröster abgeben müssen, auf dem Kanapee in Gygaxens Wohnstube und später auch bisweilen im Ehebett, wie es eben so komme und wie es der Lauf der Welt sei.

Auf diese Worte Trapsens erstarrten die alten Herren, dann aber, auf einmal, kreischten sie laut auf vor Vergnügen, und der Glatzköpfige, sonst Schweigsame schrie, seine weiße Nelke in die Luft werfend: »Ein Geständnis, ein Geständnis!«, nur der Verteidiger trommelte verzweifelt mit den Fäusten auf seine Schläfen.

DIE PANNE

»So ein Unverstand!« rief er. Sein Klient sei toll geworden und dessen Geschichte nicht ohne weiteres zu glauben, worauf Traps entrüstet und unter erneutem Beifall der Tischrunde protestierte. Damit begann ein langes Gerede zwischen dem Verteidiger und dem Staatsanwalt, ein hartnäckiges Hin und Her, halb komisch, halb ernst, eine Diskussion, deren Inhalt Traps nicht begriff. Es drehte sich um das Wort dolus, von dem der Generalvertreter nicht wußte, was es bedeuten mochte. Die Diskussion wurde immer heftiger, lauter geführt, immer unverständlicher, der Richter mischte sich ein, ereiferte sich ebenfalls, und war Traps anfangs bemüht hinzuhorchen, etwas vom Sinn des Streitgesprächs zu erraten, so atmete er nun auf, als die Haushälterin Käse auftischte, Camembert, Brie, Emmentaler, Gruyère, Tête de Moine, Vacherin, Limburger, Gorgonzola, und ließ dolus dolus sein, prostete mit dem Glatzköpfigen, der allein schwieg und auch nichts zu begreifen schien, und griff zu - bis auf einmal, unerwartet, der Staatsanwalt sich wieder an ihn wandte: »Herr Traps«, fragte er mit gesträubter Löwenmähne und hochrotem Gesicht, das Monokel in der linken Hand, »sind Sie immer noch mit Frau Gygax befreundet?«

Alle glotzten zu Traps hinüber, der Weißbrot mit Camembert in den Mund geschoben hatte und gemütlich kaute. Dann nahm er noch einen Schluck Château Pavie. Irgendwo tickte eine Uhr, und vom Dorfe her drangen noch einmal ferne Handorgelklänge, Männergesang – »Heißt ein Haus zum Schweizerdegen«.

Seit dem Tode Gygaxens, erklärte Traps, habe er das Frauchen nicht mehr besucht. Er wolle die brave Witwe schließlich nicht in Verruf bringen.

Seine Erklärung erweckte zu seiner Verwunderung aufs neue eine gespenstische, unbegreifliche Heiterkeit, man wurde noch übermütiger als zuvor, der Staatsanwalt schrie:

DIE PANNE

»Dolo malo, dolo malo!« brüllte griechische und lateinische
Verse, zitierte Schiller und Goethe, während der kleine
Richter die Kerzen ausblies, bis auf eine, die er dazu
benutzte, mit den Händen hinter ihrer Flamme, laut mek-
kernd und fauchend, die abenteuerlichsten Schattenbilder
an die Wand zu werfen, Ziegen, Fledermäuse, Teufel und
Waldschrate, wobei Pilet auf den Tisch trommelte, daß die
Gläser, Teller, Platten tanzten: »Es kommt zum Todesurteil,
es kommt zum Todesurteil!« Nur der Verteidiger machte
nicht mit, schob die Platte zu Traps hin. Er solle nehmen, sie
müßten sich am Käse gütlich tun, es bliebe nichts anderes
mehr übrig.

Ein Château Margaux wurde gebracht. Damit kehrte die
Ruhe wieder ein. Alle starrten auf den Richter, der die ver-
staubte Flasche (Jahrgang 1914) vorsichtig und umständlich
zu entkorken begann, mit einem sonderbaren, altertümli-
chen Zapfenzieher, der es ihm ermöglichte, den Zapfen aus
der liegenden Flasche zu ziehen, ohne sie aus dem Körbchen
zu nehmen, eine Prozedur, die unter atemloser Spannung
erfolgte, galt es doch, den Zapfen möglichst unbeschädigt zu
lassen, war er doch der einzige Beweis, daß die Flasche wirklich aus dem Jahre 1914 stammte, da die vier Jahrzehnte die
Etikette längst vernichtet hatten. Der Zapfen kam nicht ganz,
der Rest mußte sorgfältig entfernt werden, doch war auf ihm
noch die Jahrzahl zu lesen, er wurde von einem zum andern
gereicht, berochen, bewundert und schließlich feierlich dem
Generalvertreter übergeben, zum Andenken an den wunder-
schönen Abend, wie der Richter sagte. Der kostete den Wein
nun vor, schnalzte, schenkte ein, worauf die andern zu rie-
chen, zu schlürfen begannen, in Rufe des Entzückens ausbra-
chen, den splendiden Gastgeber priesen. Der Käse wurde
herumgereicht, und der Richter forderte den Staatsanwalt
auf, sein Anklageredchen« zu halten. Der verlangte vorerst
neue Kerzen, es solle feierlich dabei zugehen, andächtig,

DIE PANNE

Konzentration sei vonnöten, innere Sammlung. Simone
brachte das Verlangte. Alle waren gespannt, dem
Generalvertreter kam die Angelegenheit leicht unheimlich
vor, er fröstelte, doch gleichzeitig fand er sein Abenteuer
wundervoll, und um nichts auf der Welt hätte er darauf ver-
zichten wollen. Nur sein Verteidiger schien nicht ganz zufrieden.

»Gut, Traps«, sagte er »hören wir uns die Anklagerede an.
Sie werden staunen, was Sie mit Ihren unvorsichtigen
Antworten, mit Ihrer falschen Taktik angerichtet haben. War
es vorher schlimm, so ist es nun katastrophal. Doch Courage,
ich werde Ihnen schon aus der Patsche helfen, verlieren Sie
nur nicht den Kopf dabei, wird Sie Nerven kosten, da heil
durchzukommen.«

Es war soweit. Allgemeines Räuspern, Husten, noch einmal stieß man an, und der Staatsanwalt begann unter
Gekicher und Geschmunzel seine Rede.

»Das Vergnügliche unseres Herrenabends«, sagte er,
indem er sein Glas erhob, doch sonst sitzen blieb, »das
Gelungene ist wohl, daß wir einem Mord auf die Spur
gekommen sind, so raffiniert angelegt, daß er unserer staatlichen Justiz natürlicherweise mit Glanz entgangen ist.«

Traps stutzte, ärgerte sich mit einem Male. »Ich soll einen
Mord begangen haben?« protestierte er, »na hören Sie, das
geht mir etwas zu weit, schon der Verteidiger kam mit dieser
faulen Geschichte«, aber dann besann er sich und begann zu
lachen, unmäßig, kaum daß er sich beruhigen konnte, ein
wunderbarer Witz, jetzt begreife er, man wolle ihm ein
Verbrechen einreden, zum Kugeln, das sei einfach zum
Kugeln.

Der Staatsanwalt sah würdig zu Traps hinüber, reinigte
das Monokel, klemmte es wieder ein.

»Der Angeklagte«, sagte er, »zweifelt an seiner Schuld.
Menschlich. Wer von uns kennt sich, wer von uns weiß von

58

DIE PANNE

seinen Verbrechen und geheimen Untaten? Eins jedoch darf
schon jetzt betont werden, bevor die Leidenschaften unseres
Spiels von neuem aufbrausen: Falls Traps ein Mörder ist, wie
ich behaupte, wie ich innig hoffe, stehen wir vor einer besonders feierlichen Stunde. Mit Recht. Es ist ein freudiges
Ereignis, die Entdeckung eines Mordes, ein Ereignis, das
unsere Herzen höher schlagen läßt, uns vor neue Aufgaben,
Entscheidungen, Pflichten stellt, und so darf ich denn vor
allem unserem lieben voraussichtlichen Täter gratulieren, ist
es doch ohne Täter nicht gut möglich, einen Mord zu ent-
decken, Gerechtigkeit walten zu lassen. Auf ein besonderes
Wohl denn unserem Freund, unserem bescheidenen Alfredo
Traps, den ein wohlmeinendes Geschick in unsere Mitte
brachte!«

Jubel brach aus, man erhob sich, trank auf das Wohl des
Generalvertreters, der dankte, Tränen in den Augen, und
versicherte, es sei sein schönster Abend.

Der Staatsanwalt, nun ebenfalls mit Tränen: »Sein schönster Abend, verkündet unser Verehrter, ein Wort, ein
erschütterndes Wort. Denken wir an die Zeit zurück, da im
Dienste des Staats ein trübes Handwerk zu verrichten war.
Nicht als Freund stand uns damals der Angeklagte gegenüber, sondern als Feind; wen wir nun an unsere Brust drücken
dürfen, hatten wir von uns zu stoßen. An meine Brust denn!«

Bei diesen Worten sprang er auf, riß Traps hoch und
umarmte ihn stürmisch.

»Staatsanwalt, lieber, lieber Freund«, stammelte der
Generalvertreter.

»Angeklagter, lieber Traps«, schluchzte der Staatsanwalt.
»Sagen wir du zueinander. Heiße Kurt. Auf dein Wohl,
Alfredo!«

»Auf dein Wohl, Kurt!«

Sie küßten sich, herzten, streichelten sich, tranken einander zu, Ergriffenheit breitete sich aus, die Andacht einer

59

DIE PANNE

erblühenden Freundschaft. »Wie hat sich doch alles geändert«, jubelte der Staatsanwalt; »hetzten wir einst von Fall zu Fall, von Verbrechen zu Verbrechen, von Urteil zu Urteil, so begründen, entgegnen, referieren, disputieren, reden und erwideen wir jetzt mit Muße, Gemütlichkeit, Fröhlichkeit, lernen den Angeklagten schätzen, lieben, seine Sympathie schlägt uns entgegen, Verbrüderung hüben und drüben. Ist die erst hergestellt, fällt alles leicht, wird Verbrechen schwerelos, Urteil heiter. So laßt mich denn zum vollbrachten Mord Worte der Anerkennung sprechen. (Traps dazwischen, nun wieder in glänzendster Laune: »Beweisen, Kurtchen, beweisen!«) Berechtigterweise, denn es handelt sich um einen perfekten, um einen schönen Mord. Nun könnte der liebenswerte Täter darin einen burschikosen Zynismus finden, nichts liegt mir ferner; als »schön« vielmehr darf seine Tat in zweierlei Hinsicht bezeichnet werden, in einem philosophischen und in einem technisch-virtuosen Sinne: Unsere Tafelrunde nämlich, verehrter Freund Alfredo, gab das Vorurteil auf, im Verbrechen etwas Unschönes zu erblicken, Schreckliches, in der Gerechtigkeit dagegen etwas Schönes, wenn auch vielleicht mehr Schrecklichschönes, nein, wir erkennen auch im Verbrechen die Schönheit als die Vorbedingung, die erst Gerechtigkeit möglich macht. Dies die philosophische Seite. Würdigen wir nun die technische Schönheit der Tat. Würdigung. Ich glaube das rechte Wort getroffen zu haben, will doch meine Anklagerede nicht eine Schreckensrede sein, die unseren Freund genieren, verwirren könnte, sondern eine Würdigung, die ihm sein Verbrechen aufweist, aufblühen läßt, zu Bewußtsein bringt: Nur auf dem reinen Sockel der Erkenntnis ist es möglich, das fugenlose Monument der Gerechtigkeit zu errichten.«

Der sechsundachtzigjährige Staatsanwalt hielt erschöpft inne. Er hatte trotz seinem Alter mit lauter schnarrender Stimme und mit großen Gesten geredet, dabei viel getrun-

DIE PANNE

ken und gegessen. Nun wischte er sich den Schweiß mit der umgebundenen fleckigen Serviette von der Stirne, trocknete den verrunzelten Nacken. Traps war gerührt. Er saß schwer in seinem Sessel, träge vom Menu. Er war satt, doch von den vier Greisen wollte er sich nicht ausstechen lassen,wenn er sich auch gestand, daß der Riesenappetit der Alten und deren Riesendurst ihm zu schaffen machten. Er war ein wakkerer Esser, doch eine solche Vitalität und Gefräßigkeit war ihm noch nie vorgekommen. Er staunte, glotzte träge über den Tisch, geschmeichelt von der Herzlichkeit, mit der ihn der Staatsanwalt behandelte, hörte von der Kirche her mit feierlichen Schlägen zwölf schlagen, und dann dröhnte ferne, nächtlich der Chor der Kleinviehzüchter: »Unser Leben gleicht der Reise . . .«

»Wie im Märchen«, staunte der Generalvertreter immer wieder, »wie im Märchen«, und dann: »Einen Mord soll ich begangen haben, ausgerechnet ich? Nimmt mich nur wunder, wie. «

Unterdessen hatte der Richter eine weitere Flasche Château Margaux 1914 entkorkt, und der Staatsanwalt, wieder frisch, begann von neuem.

»Was ist nun geschehen«, sagte er, »wie entdeckte ich, daß unserem lieben Freund ein Mord nachzurühmen sei, und nicht nur ein gewöhnlicher Mord, nein, ein virtuoser Mord, der ohne Blutvergießen, ohne Mittel wie Gift, Pistolen und dergleichen durchgeführt worden ist?«

Er räusperte sich, Traps starrte, Vacherin im Mund, gebannt auf ihn.

Als Fachmann müsse er durchaus von der These ausgehen, fuhr der Staatsanwalt fort, daß ein Verbrechen hinter jedem Vorgang, hinter jeder Person lauern könne. Die erste Ahnung, in Herrn Traps einen vom Schicksal Begünstigten und mit einem Verbrechen Begnadeten getroffen zu haben, sei dem Umstand zu verdanken gewesen, daß der

DIE PANNE

Textilreisende noch vor einem Jahr einen alten Citroën gefahren habe und nun mit einem Studebaker herumstolziere. »Nun weiß ich allerdings«, sagte er weiter, »daß wir in einer Zeit der Hochkonjunktur leben, und so war die Ahnung noch vage, mehr dem Gefühl vergleichbar, vor einem freudigen Erlebnis zu stehen, eben vor der Entdeckung eines Mords. Daß unser lieber Freund den Posten seines Chefs übernommen hat, daß er den Chef verdrängen mußte, daß der Chef gestorben ist, all diese Tatsachen waren noch keine Beweise, sondern erst Momente, die jenes Gefühl bestärkten, fundierten. Verdacht, logisch unterbaut, kam erst hoch, als zu erfahren war, woran dieser sagenhafte Chef starb: an einem Herzinfarkt. Hier galt es anzusetzen, zu kombinieren, Scharfsinn, Spürsinn aufzubieten, diskret vorzugehen, sich an die Wahrheit heranzupirschen, das Gewöhnliche als das Außergewöhnliche zu erkennen, Bestimmtes im Unbestimmten zu sehen, Umrisse im Nebel, an einen Mord zu glauben, gerade weil es absurd schien, einen Mord anzunehmen. Überblicken wir das vorhandene Material. Entwerfen wir ein Bild des Verstorbenen. Wir wissen wenig von ihm; was wir wissen, entnehmen wir den Worten unseres sympathischen Gastes. Herr Gygax war der Generalvertreter des Hephaiston-Kunststoffes, dem wir all die angenehmen Eigenschaften, die ihm unser liebster Alfredo nachsagt, gerne zutrauen. Er war ein Mensch, dürfen wir folgern, der aufs Ganze ging, seine Untergebenen rücksichtslos ausnutzte, der Geschäfte zu machen verstand, wenn auch die Mittel, mit denen er diese Geschäfte abschloß, oft mehr als bedenklich waren.«

»Das stimmt,« rief Traps begeistert, »der Gauner ist vollendet getroffen!«

»Weiter dürfen wir schließen«, fuhr der Staatsanwalt fort, »daß er gegen außen gern den Robusten, den Kraftmeier, den erfolgreichen Geschäftsmann spielte, jeder Situation

62

DIE PANNE

gewachsen und mit allen Wassern gewaschen, weshalb Gygax denn auch die schwere Herzkrankheit aufs sorgsamste geheimhielt, auch hier zitieren wir Alfredo, nahm er doch dieses Leiden in einer Art trotziger Wut hin, wie wir uns denken können, als einen persönlichen Prestigeverlust sozusagen.«

»Wunderbar«, staunte der Generalvertreter, das sei geradezu Hexerei, und er würde wetten, daß Kurt mit dem Verstorbenen bekannt gewesen sei.

Er solle doch schweigen, zischte der Verteidiger.

»Dazu kommt«, erklärte der Staatsanwalt, »wollen wir das Bild des Herrn Gygax vervollständigen, daß der Verstorbene seine Frau vernachlässigte, die wir uns als ein leckeres und gutgebautes Frauenzimmerchen zu denken haben - wenigstens hat sich unser Freund so ungefähr ausgedrückt. Für Gygax zählte nur der Erfolg, das Geschäft, das Äußere, die Fassade, und wir können mit einer gewissen Wahrscheinlichkeit vermuten, daß er von der Treue seiner Frau überzeugt und der Meinung gewesen war, eine zu außergewöhnliche Erscheinung zu sein und ein zu exzeptionelles Mannsbild, um bei seiner Gattin auch nur den Gedanken an einen Ehebruch hochkommen zu lassen, weshalb es denn für ihn ein harter Schlag gewesen sein mußte, hatte er von der Untreue seiner Frau mit unserem Casanova von der Schlaraffia erfahren.«

Alle lachten, und Traps schlug sich auf die Schenkel. »Er war es auch«, bestätigte er strahlend die Vermutung des Staatsanwalts. »Es gab ihm den Rest, als er dies erfuhr. «

»Sie sind einfach toll«, stöhnte der Verteidiger.

Der Staatsanwalt hatte sich erhoben und sah glücklich zu Traps hinüber, der mit seinem Messer am Tête de Moine schabte. »Ei«, fragte er, »wie erfuhr er denn davon, der alte Sünder? Gestand ihm sein leckeres Frauchen?«

»Dazu war es zu feige, Herr Staatsanwalt«, antwortete

63

DIE PANNE

Traps, »es fürchtete sich vor dem Gangster gewaltig.«

»Kam Gygax selber dahinter?«

»Dazu war er zu eingebildet.«

»Gestandest etwa du, mein lieber Freund und Don Juan?«

Traps bekam unwillkürlich einen roten Kopf: »Aber nein, Kurt«, sagte er, »was denkst du auch. Einer seiner sauberen Geschäftsfreunde klärte den alten Gauner auf.«

»Wieso denn?«

»Wollte mich schädigen. War mir immer feindlich gesinnt.«

»Menschen gibt's«, staunte der Staatsanwalt. »Doch wie erfuhr denn dieser Ehrenmann von deinem Verhältnis?«

»Habe es ihm erzählt.«

»Erzählt?«

»Na ja - bei einem Glase Wein. Was erzählt man nicht alles. «

»Zugegeben«, nickte der Staatsanwalt, »aber du sagtest doch eben, daß dir der Geschäftsfreund des Herrn Gygax feindlich gesinnt war. Bestand da nicht von *vornherein* die Gewißheit, daß der alte Gauner alles erfahren würde?«

Nun mischte sich der Verteidiger energisch ein, erhob sich sogar, schweißübergossen, der Kragen seines Gehrocks aufgeweicht. Er möchte Traps darauf aufmerksam machen, erklärte er, daß diese Frage nicht beantwortet werden müsse.

Traps war anderer Meinung.

»Warum denn nicht?« sagte er. »Die Frage ist doch ganz harmlos. Es konnte mir doch gleichgüültig sein, ob Gygax davon erführe oder nicht. Der alte Gangster handelte mir gegenüber derart rücksichtslos, daß ich nun wirklich nicht den Rücksichtsvollen spielen mußte. «

Einen Augenblick war es wieder still im Zimmer, totenstill, dann brach Tumult aus, Übermut, homerisches Gelächter, ein Orkan an Jubel. Der Glatzköpfige, Schweigsame umarmte Traps, küßte ihn, der Verteidiger ver-

64

DIE PANNE

lor den Zwicker vor Lachen, einem solchen Angeklagten
könne man einfach nicht böse sein, während der Richter
und der Staatsanwalt im Zimmer herumtanzten, an die
Wände polterten, sich die Hände schüttelten, auf die Stühle
kletterten, Flaschen zerschmetterten, vor Vergnügen den
unsinnigsten Schabernack trieben. Der Angeklagte gestehe
aufs neue, krächzte der Staatsanwalt mächtig ins Zimmer,
nun auf der Lehne eines Stuhles sitzend, der liebe Gast sei
nicht genug zu rühmen, er spiele das Spiel vortrefflich. »Der
Fall ist deutlich, die letzte Gewißheit gegeben,« fuhr er fort,
auf dem schwankenden Stuhl wie ein verwittertes barockes
Monument. »Betrachten wir den Verehrten, unseren liebsten
Alfredo! Diesem Gangster von einem Chef war er also ausgeliefert und er fuhr in seinem Citroën durch die Gegend.
Noch vor einem Jahr! Er hatte stolz darauf sein können,
unser Freund, dieser Vater von vier Kinderchen, dieser Sohn
eines Fabrikarbeiters. Und mit Recht. Noch im Kriege war er
Hausierer gewesen, nicht einmal das, ohne Patent, ein
Vagabund mit illegitimer Textilware, ein kleiner
Schwarzhändler, mit der Bahn von Dorf zu Dorf oder zu Fuß
über Feldwege, oft kilometerweit durch dunkle Wälder nach
fernen Höfen, eine schmutzige Ledertasche umgehängt,
oder gar einen Korb, einen halbgeborstenen Koffer in der
Hand. Nun hatte er sich verbessert, in ein Geschäft eingenis-
tet, war Mitglied der liberalen Partei, im Gegensatz zu seinem Marxistenvater. Doch wer ruht auf dem Aste aus, der
endlich erklettert ist, wenn über ihm, dem Wipfel zu, poe-
tisch gesagt, sich weitere Äste mit noch besseren Früchten
zeigen? Zwar verdiente er gut, flitzte mit seinem Citroën von
Textilgeschäft zu Textilgeschäft, die Maschine war nicht
schlecht, doch unser lieber Alfredo sah links und rechts neue
Modelle auftauchen, vorbeisausen, ihm entgegenbrausen
und ihn überholen. Der Wohlstand stieg im Land, wer wollte
da nicht mittun?«

DIE PANNE

»Ganz genau so war es, Kurt«, strahlte Traps. »Ganz genau so.«

Der Staatsanwalt war nun in seinem Element, glücklich, zufrieden wie ein reich beschertes Kind.

»Das war leichter beschlossen als getan«, erläuterte er, immer noch auf der Lehne seines Stuhls, »sein Chef ließ ihn nicht hochkommen, bösartig, zäh nützte er ihn aus, gab ihm Vorschüsse auf neue Bindungen, wußte ihn immer unbarmherziger zu fesseln!«

»Sehr richtig«, schrie der Generalvertreter empört. »Sie haben keine Ahnung, meine Herren, wie ich in die Zange genommen wurde vom alten Gangster!«

»Da mußte aufs Ganze gegangen werden«, sagte der Staatsanwalt.

»Und wie!« bestätigte Traps.

Die Zwischenrufe des Angeklagten befeuerten den Staatsanwalt, er stand nun auf dem Stuhl, die Serviette, die er wie eine Fahne schwang, bespritzt mit Wein, Salat auf der Weste, Tomatensauce, Fleischreste. »Unser lieber Freund ging zuerst geschäftlich vor, auch hier nicht ganz fair, wie er selber zugibt. Wir können uns ungefähr ein Bild machen, wie. Er setzte sich heimlich mit den Lieferanten seines Chefs in Verbindung, sondierte, versprach bessere Bedingungen, stiftete Verwirrung, unterredete sich mit anderen Textilreisenden, schloß Bündnisse und gleichzeitig Gegenbündnisse. Doch dann kam er auf die Idee, noch einen anderen Weg einzuschlagen.«

»Noch einen andern Weg?« staunte Traps.

Der Staatsanwalt nickte. »Dieser Weg, meine Herren, führte über das Kanapee in der Wohnung Gygaxens direkt in dessen Ehebett.«

Alles lachte, besonders Traps. »Wirklich«. bestätigte er, »es war ein böser Streich, den ich da dem alten Gangster spielte. Die Situation war aber auch zu komisch, denke ich

DIE PANNE

zurück. Ich habe mich zwar bis jetzt eigentlich geschämt, dies
zu tun, wer ist sich gern über sich selber im klaren, ganz saubere Wäsche hat ja keiner, doch unter so verständnisvollen
Freunden wird die Scham etwas Lächerliches, Unnötiges.
Merkwürdig! Ich fühle mich verstanden und beginne auch
mich zu verstehen, als mache ich mit einem Menschen
Bekanntschaft, der ich selber bin, den ich vorher nur von
ungefähr kannte als einen Generalvertreter in einem
Studebaker, mit Frau und Kind irgendwo.«

»Wir stellen mit Vergnügen fest«, sagte darauf der
Staatsanwalt mit Wärme und Herzlichkeit, »daß unserem
Freunde ein Lichtchen aufgeht. Helfen wir weiter, damit es
taghell werde. Spüren wir seinen Motiven nach mit dem
Eifer fröhlicher Archäologen, und wir stoßen auf die
Herrlichkeit versunkener Verbrechen. Er begann mit Frau
Gygax ein Verhältnis. Wie kam er dazu? Er sah das leckere
Frauenzimmerchen, können wir uns ausdenken. Vielleicht
war es einmal spät abends, vielleicht im Winter, so um sechs
herum (Traps: »Um sieben, Kurtchen, um sieben!«), als die
Stadt schön nächtlich war, mit goldenen Straßenlaternen,
mit erleuchteten Schaufenstern und Kinos und grünen und
gelben Leuchtreklamen überall, gemütlich, wollustig, verlok-
kend. Er war mit dem Citroën über die glitschigen Straßen
nach dem Villenviertel gefahren, wo sein Chef wohnte
(Traps begeistert dazwischen: »Ja, ja, Villenviertel!«), eine
Mappe unter dem Arm, Aufträge, Stoffmuster, eine wichtige
Entscheidung war zu fällen, doch befand sich Gygaxens
Limousine nicht an ihrem gewohnten Platz am Trottoirrand,
trotzdem ging er durch den dunklen Park, läutete, Frau
Gygax öffnete, ihr Gatte käme heute nicht nach Hause und
ihr Dienstmädchen sei ausgegangen, sie war im Abendkleid,
oder, noch besser, im Bademantel, trotzdem solle doch
Traps einen Aperitif nehmen, sie lade ihn herzlich ein, und
so saßen sie im Salon beieinander.«

DIE PANNE

Traps staunte. »Wie du das alles weißt, Kurtchen! Das ist
ja wie verhext!«

»Übung«, erklärte der Staatsanwalt. »Die Schicksale spielen sich alle gleich ab. Es war nicht einmal eine Verführung,
weder von seiten Trapsens noch von jener der Frau, es war
eine Gelegenheit, die er ausnützte. Sie war allein und lang-
weilte sich, dachte an nichts Besonderes, war froh, mit
jemandem zu sprechen, die Wohnung angenehm warm, und
unter dem Bademantel mit den bunten Blumen trug sie nur
das Nachthemd, und als Traps neben ihr saß und ihren
weißen Hals sah, den Ansatz ihrer Brust, und als sie plau-
derte, böse über ihren Mann, enttäuscht, wie unser Freund
wohl spürte, begriff er erst, daß er hier ansetzen müsse, als er
schon angesetzt hatte, und dann erfuhr er bald alles über
Gygax, wie bedenklich es mit seiner Gesundheit stehe, wie
jede große Aufregung ihn töten könne, sein Alter, wie grob
und böse er mit seiner Frau sei und wie felsenfest überzeugt
von ihrer Treue, denn von einer Frau, die sich an ihrem
Mann rächen will, erfährt man alles, und so fuhr er fort mit
dem Verhältnis, denn nun war es eben seine Absicht, denn
nun ging es ihm darum, seinen Chef mit allen Mitteln zu ruinieren, komme was da wolle, und so kam denn der
Augenblick, wo er alles in der Hand hatte, Geschäftspartner,
Lieferanten, die weiße, mollige, nackte Frau in den Nächten,
und so zog er die Schlinge zu, beschwor den Skandal herauf.
Absichtlich. Auch darüber sind wir nun schon im Bilde:
Trauliche Dämmerstunde, Abendstunde auch hier. Unseren
Freund finden wir in einem Restaurant, sagen wir in einer
Weinstube der Altstadt, etwas überheizt, alles währschaft,
patriotisch, gediegen, auch die Preise, Butzenscheiben, der
stattliche Wirt (Traps: »Im Rathauskeller, Kurtchen!«), die
stattliche Wirtin, wie wir nun korrigieren müssen, umrahmt
von den Bildern der toten Stammgäste, ein
Zeitungsverkäufer, der durchs Lokal wandert, es wieder

68

DIE PANNE

verläßt, später Heilsarmee, Lieder singend, »Laßt den Sonnenschein herein« einige Studenten, ein Professor, auf einem Tisch zwei Gläser und eine gute Flasche, man läßt sich's was kosten, in der Ecke endlich, bleich, fett, schweißbetaut mit offenem Kragen, schlagflüssig wie das Opfer, auf das nun gezielt wird, der saubere Geschäftsfreund, verwundert, was dies alles zu bedeuten, weshalb Traps ihn auf einmal eingeladen habe, aufmerksam zuhörend, aus Trapsens eigenem Munde den Ehebruch vernehmend, um dann, Stunden später, wie es nicht anders sein konnte und wie es unser Alfredo vorausgesehen hatte, zum Chef zu eilen, aus Pflichtgefühl, Freundschaft und innerem Anstand den Bedauernswerten aufzuklären. «

»So ein Heuchler!«, rief Traps, gebannt mit runden glänzenden Augen der Schilderung des Staatsanwalts zuhörend, glücklich, die Wahrheit zu erfahren, seine stolze, kühne, einsame Wahrheit.

Dann:

»So kam denn das Verhängnis, der genau berechnete Augenblick, da Gygax alles erfuhr, noch konnte der alte Gangster heimfahren, stellen wir uns vor, wuterfüllt, schon im Wagen Schweißausbruch, Schmerzen in der Herzgegend, zitternde Hände, Polizisten, die ärgerlich pfiffen, Verkehrszeichen, die übersehen wurden, mühsamer Gang von der Garage zur Haustüre, Zusammenbruch, noch im Korridor vielleicht, während ihm die Gattin entgegentrat, das schmucke leckere Frauenzimmerchen; es ging nicht sehr lange, der Arzt gab noch Morphium, dann hinüber, endgültig, noch ein unwichtiges Röcheln, Aufschluchzen von seiten der Gattin, Traps, zu Hause im Kreise seiner Lieben, nimmt das Telephon ab, Bestürzung, innerer Jubel, Es-ist-erreicht-Stimmung, drei Monate später Studebaker.«

Erneutes Gelächter. Der gute Traps, von einer Verblüffung in die andere gerissen, lachte mit, wenn auch

DIE PANNE

leicht verlegen, kratzte sich im Haar, nickte dem Staatsanwalt
anerkennend zu, doch nicht unglücklich. Er war sogar guter
Laune. Er fand den Abend aufs beste gelungen; daß man
ihm einen Mord zumutete, bestürzte ihn zwar ein wenig und
machte ihn nachdenklich, ein Zustand, den er jedoch als
angenehm empfand, stieg doch eine Ahnung von höheren
Dingen, von Gerechtigkeit, von Schuld und Sühne in ihm
hoch, erfüllte ihn mit Staunen. Die Furcht, die er nicht vergessen hatte, die ihn im Garten, und dann später bei den
Heiterkeitsausbrüchen der Tafelrunde überfallen hatte, kam
ihm jetzt unbegründet vor, erheiterte ihn. Alles war so menschlich. Er war gespannt auf das Weitere. Die Gesellschaft sie-
delte in den Salon zum schwarzen Kaffee über, torkelnd, mit
stolperndem Verteidiger, in einen mit Nippsachen und
Vasen überladenen Raum. Enorme Stiche an den Wänden,
Stadtansichten, Historisches, Rütlischwur, Schlacht bei
Laupen, Untergang der Schweizergarde, das Fähnlein der
sieben Aufrechten, Gipsdecke, Stukkatur, in der Ecke ein
Flügel, bequeme Sessel, niedrig, riesig, Stickereien darauf,
fromme Sprüche »Wohl dem, der den Weg des Gerechten
wandelt«, »Ein gutes Gewissen ist das beste Ruhekissen«.
Durch die offenen Fenster sah man die Landstraße, ungewiß
zwar in der Dunkelheit, mehr Ahnung, doch märchenhaft,
versunken, mit schwebenden Lichtern und Scheinwerfern
der Automobile, die in dieser Stunde nur spärlich rollten,
ging es doch gegen zwei. Was Mitreißenderes als die Rede
Kurtchens habe er noch gar nicht erlebt, meinte Traps. Im
wesentlichen sei dazu nicht viel zu bemerken, einige leise
Berichtigungen, gewiß, die seien angebracht. So sei der saubere Geschäftsfreund etwa klein und hager gewesen, und mit
steifem Kragen, durchaus nicht verschwitzt, und Frau Gygax
habe ihn nicht in einem Bademantel empfangen, sondern in
einem freilich weit ausgeschnittenen Kimono, so daß ihre
herzliche Einladung auch bildlich gemeint gewesen sei - das

DIE PANNE

war einer seiner Witze, ein Exempel seines bescheidenen
Humors -, auch habe der verdiente Infarkt den Obergangster
nicht im Hause, sondern in seinen Lagerräumen getroffen,
während eines Föhnsturms, noch eine Einlieferung ins
Spital, dann Herzriß und Abgang, doch dies sei, wie gesagt,
unwesentlich, und vor allem stimme es genau, was da sein
prächtiger Busenfreund und Staatsanwalt erläutert habe, er
hätte sich wirklich mit Frau Gygax nur eingelassen, um den
alten Gauner zu ruinieren, ja, er erinnere sich nun deutlich,
wie er in dessen Bett über dessen Gattin auf dessen
Photographie gestarrt habe, auf dieses unsympathische,
dicke Gesicht mit der Hornbrille vor den glotzenden Augen,
und wie die Ahnung als eine wilde Freude über ihn gekommen sei, mit dem, was er nun so lustig und eifrig betreibe,
ermorde er recht eigentlich seinen Chef, mache er ihm kalt-
blütig den Garaus.

Man saß schon in den weichen Sesseln mit den frommen
Sprüchen, als dies Traps erklärte, griff nach den heißen
Kaffeetässchen, rührte mit den Löffelchen, trank dazu einen
Kognak aus dem Jahre 1893 Roffignac, aus großen bauchi-
gen Gläsern.

Somit komme er zum Strafantrag, verkündete der
Staatsanwalt, quer in einem monströsen Backensessel sit-
zend, die Beine mit den verschiedenen Socken (grauschwarz
kariert - grün) über eine Lehne hochgezogen. Freund
Alfredo habe nicht dolo indirecto gehandelt, als wäre der
Tod nur zufällig erfolgt, sondern dolo malo, mit böswilligem
Vorsatz, worauf ja schon die Tatsachen wiesen, daß er einer-
seits selbst den Skandal provoziert, anderseits nach dem
Tode des Obergangsters dessen leckeres Frauchen nicht
mehr besucht habe, woraus zwangsläufig folge, daß die
Gattin nur ein Werkzeug für seine blutrünstigen Pläne gewe-
sen sei, die galante Mordwaffe sozusagen, daß somit ein
Mord vorliege, auf eine psychologische Weise durchgeführt,

DIE PANNE

derart, daß, außer einem Ehebruch, sich nichts Gesetzwidriges ereignet habe, freilich scheinbar nur, weshalb er denn, da sich dieser Schein nun verflüchtigt, ja nachdem der teure Angeklagte selbst aufs freundlichste gestanden, als Staatsanwalt das Vergnügen habe – und damit komme er an den Schluß seiner Würdigung –, vom hohen Richter die Todesstrafe für Alfredo Traps zu fordern als Belohnung für ein Verbrechen, das Bewunderung, Staunen, Respekt verdiene und ein Anrecht darauf habe, als eines der außerordentlichsten des Jahrhunderts zu gelten.

Man lachte, klatschte Beifall und stürzte sich auf die Torte, die Simone nun hereinbrachte. Zur Krönung des Abends, wie sie sagte. Draußen stieg als Attraktion ein später Mond auf, eine schmale Sichel, mäßiges Rauschen in den Bäumen, sonst Stille, auf der Straße nur selten noch ein Automobil, dann irgendein verspäteter Heimkehrer, vorsichtig, leicht im Zickzack. Der Generalvertreter fühlte sich geborgen, saß neben Pilet in einem weichen plauschigen Kanapee, Spruch: »Hab oft im Kreise der Lieben« legte den Arm um den Schweigsamen, der nur von Zeit zu Zeit ein staunendes »Fein« mit windigem, zischendem F verlauten ließ, schmiegte sich an seine pomadige Eleganz. Mit Zärtlichkeit. Mit Gemütlichkeit. Wange an Wange. Der Wein hatte ihn schwer und friedlich gemacht, er genoß es, in der verständnisvollen Gesellschaft wahr, sich selber zu sein, kein Geheimnis mehr zu haben, weil keines mehr nötig war, gewürdigt zu sein, verehrt, geliebt, verstanden, und der Gedanke, einen Mord begangen zu haben, überzeugte ihn immer mehr, rührte ihn, verwandelte sein Leben, machte es schwieriger, heldischer, kostbarer. Er begeisterte ihn geradezu. Er hatte den Mord geplant und ausgeführt - stellte er sich nun vor -, um vorwärtszukommen, aber dies nicht eigentlich beruflich, aus finanziellen Gründen etwa, aus dem Wunsche nach einem Studebaker heraus, sondern - das war

DIE PANNE

das Wort - um ein wesentlicher, ein tieferer Mensch zu werden, wie ihm schwante - hier an der Grenze seiner Denkkraft
-, würdig der Verehrung, der Liebe von gelehrten, studierten Männern, die ihm nun - selbst Pilet - wie jene urweltlichen Magier vorkamen, von denen er einmal im »Reader's
Digest... gelesen hatte, die jedoch nicht nur das Geheimnis
der Sterne, sondern mehr, auch das Geheimnis der Justiz
kannten (er berauschte sich an diesem Wort), welche er in
seinem Textilbranchenleben nur als eine abstrakte Schikane
gekannt hatte und die nun wie eine ungeheure, unbegreifliche Sonne über seinen beschränkten Horizont stieg, als
eine nicht ganz begriffene Idee, die ihn darum nur um so
mächtiger erschauern, erbeben ließ; und so hörte er denn,
goldbraunen Kognak schlürfend, zuerst tief verwundert,
dann immer entrüsteter den Ausführungen des dicken
Verteidigers zu, diesen eifrigen Versuchen, seine Tat in etwas
Gewöhnliches, Bürgerliches, Alltägliches zurückzuverwandeln. Er habe mit Vergnügen der erfindungsreichen Rede
des Herrn Staatsanwalts zugehört, führte Herr Kummer aus,
den Zwicker vom roten, aufgequollenen Fleischklumpen
seines Gesichts hebend und mit kleinen, zierlichen geometrischen Gesten dozierend. Gewiß, der alte Gangster Gygax sei
tot, sein Klient habe schwer unter ihm zu leiden gehabt, sich
auch in eine wahre Animosität gegen ihn hineingesteigert,
ihn zu stürzen versucht, wer wolle dies bestreiten, wo komme
dies nicht vor, phantastisch sei es nur, diesen Tod eines herzkranken Geschäftsmannes als Mord hinzustellen (»Aber ich
habe doch gemordet!« protestierte Traps, wie aus allen
Wolken gefallen). Im Gegensatz zum Staatsanwalt halte er
den Angeklagten für unschuldig, ja nicht zur Schuld fähig
(Traps dazwischen, nun schon erbittert: »Aber ich bin doch
schuldig!«) Der Generalvertreter des Hephaiston-
Kunststoffes sei ein Beispiel für viele. Wenn er ihn als der
Schuld unfähig bezeichne, so wolle er damit nicht behaup-

DIE PANNE

ten, daß er schuldlos sei, im Gegenteil. Traps sei vielmehr
verstrickt in alle möglichen Arten von Schuld, er ehebrüchle,
schwindle sich durchs Leben mit einer gewissen Bösartigkeit
bisweilen, aber nicht etwa so, daß sein Leben nur aus
Ehebruch und Schwindelei bestände, nein, nein, es habe
auch seine positiven Seiten, durchaus seine Tugenden.
Freund Alfredo sei fleißig, hartnäckig, ein treuer Freund seiner Freunde, versuche seinen Kindern eine bessere Zukunft
zu ermöglichen, staatspolitisch zuverlässig, man nehme alles
nur in allem, nur sei er vom Unkorrekten wie angesäuert,
leicht verdorben, wie dies eben bei manchem
Durchschnittsleben der Fall sei, der Fall sein müsse, doch
gerade deshalb wieder sei er zur großen, reinen, stolzen
Schuld, zur entschlossenen Tat, zum eindeutigen
Verbrechen nicht fähig. (Traps: »Verleumdung, pure
Verleumdung!«) Er sei nicht ein Verbrecher, sondern ein
Opfer der Epoche, des Abendlandes, der Zivilisation, die,
ach, den Glauben (immer wolkiger werdend), das
Christentum, das Allgemeine mehr und mehr verloren habe,
chaotisch sei, so daß dem Einzelnen kein Leitstern blinke,
Verwirrung, Verwilderung als Resultat auftrete, Faustrecht
und Fehlen einer wahren Sittlichkeit. Was sei nun geschehen? Dieser Durchschnittsmensch sei gänzlich unvorbereitet
einem raffinierten Staatsanwalt in die Hände gefallen. Sein
instinktives Walten und Schalten in der Textilbranche, sein
Privatleben, all die Abenteuer eines Daseins, das sich aus
Geschäftsreisen, aus dem Kampf um den Brotkorb und aus
mehr oder weniger harmlosen Vergnügungen zusammengesetzt habe, seien nun durchleuchtet, durchforscht, seziert
worden, unzusammenhängende Tatsachen seien zusammen-
geknüpft, ein logischer Plan ins Ganze geschmuggelt,
Vorfälle als Ursachen von Handlungen dargestellt worden,
die auch gut hatten anders geschehen können, Zufall hätte
man in Absicht, Gedankenlosigkeit in Vorsatz verdreht, so

DIE PANNE

daß schließlich zwangsläufig dem Verhör ein Mörder ent-
sprungen sei wie dem Zylinder des Zauberers ein Kaninchen.
(Traps: »Das ist nicht wahr!«) Betrachte man den Fall Gygax
nüchtern, objektiv, ohne den Mystifikationen des
Staatsanwalts zu erliegen, so komme man zum Resultat, daß
der alte Gangster seinen Tod im wesentlichen sich selbst zu
verdanken habe, seinem unordentlichen Leben, seiner
Konstitution. Was die Managerkrankheit bedeute, wisse man
zur Genüge, Unrast, Lärm, zerrüttete Ehe und Nerven, doch
sei am eigentlichen Infarkt der Föhnsturm schuld gewesen,
den Traps erwähnt habe, gerade der Föhn spiele bei
Herzgeschichten eine Rolle (Traps: »Lacherlich!«), so daß es
sich eindeutig um einen bloßen Unglücksfall handle.
Natürlich sei sein Klient rücksichtslos vorgegangen, doch sei
er nun eben den Gesetzen des Geschäftslebens unterworfen,
wie er ja selber immer wieder betone, natürlich hätte er oft
seinen Chef am liebsten getötet, was denke man nicht alles,
was tue man nicht alles in Gedanken, aber eben nur in
Gedanken, eine Tat außerhalb dieser Gedanken sei weder
vorhanden noch feststellbar. Es sei absurd, dies anzunehmen, noch absurder jedoch, wenn sich sein Klient nun selber
einbilde, einen Mord begangen zu haben, er habe gleichsam
zu seiner Autopanne noch eine zweite, eine geistige Panne
erlitten, und somit beantrage er, der Verteidiger, für Alfredo
Traps den Freispruch usw. usw. Immer mehr ärgerte den
Generalvertreter dieser wohlmeinende Nebel, mit dem sein
schönes Verbrechen zugedeckt wurde, in welchem es sich
verzerrte, auflöste, unwirklich, schattenhaft, ein Produkt des
Barometerstandes wurde. Er fühlte sich unterschätzt, und so
begehrte er denn auch weiterhin auf, kaum hatte der
Verteidiger geendet. Er erklärte, entrüstet und sich erhe-
bend, einen Teller mit einem neuen Stück Torte in der
Rechten, sein Glas Roffignac in der Linken, er möchte, bevor
es zum Urteil komme, nur noch einmal auf das bestimmteste

DIE PANNE

beteuern, daß er der Rede des Staatsanwalts zustimme. –
Tränen traten hier in seine Augen –, es sei ein Mord gewesen, ein bewußter Mord, das sei ihm jetzt klar, die Rede des
Verteidigers dagegen habe ihn tief enttäuscht, ja entsetzt,
gerade von ihm hatte er Verständnis erhofft, erhoffen dürfen, und so bitte er um das Urteil, mehr noch, um Strafe,
nicht aus Kriecherei, sondern aus Begeisterung, denn erst in
dieser Nacht sei ihm aufgegangen, was es heiße, ein *wahr-
haftes* Leben zu führen (hier verwirrte sich der Gute,
Wackere), wozu eben die höheren Ideen der Gerechtigkeit,
der Schuld und der Sühne nötig seien wie jene chemischen
Elemente und Verbindungen, aus denen sein Kunststoff
zusammengebraut werde, um bei seiner Branche zu bleiben,
eine Erkenntnis, die ihn neu geboren habe, jedenfalls - sein
Wortschatz außerhalb seines Berufs gestalte sich etwas dürf-
tig, man möge verzeihen, so daß er kaum auszudrücken in
der Lage sei, was er eigentlich meine - jedenfalls scheine ihm
Neugeburt der gemäße Ausdruck für das Glück zu sein, das
ihn nun wie ein mächtiger Sturmwind durchwehe, durch-
brause, durchwühle.

So kam es denn zum Urteil, das der kleine, nun auch
schwerbetrunkene Richter unter Gelächter, Gekreisch,
Jauchzen und Jodelversuchen (des Herrn Pilet) bekanntgab,
mit Mühe, denn nicht nur, daß er auf den Flügel in der Ecke
geklettert war, oder besser, in den Flügel, denn er hatte ihn
vorher geöffnet, auch die Sprache selbst machte hartnäckige
Schwierigkeiten. Er stolperte über Wörter, andere verdrehte
er wieder oder er verstümmelte sie, fing Sätze an, die er nicht
mehr bewältigen konnte knüpfte an an solche, deren Sinn er
längst vergessen hatte, doch war der Gedankengang im
großen und ganzen noch zu erraten. Er ging von der Frage
aus, wer denn recht habe, der Staatsanwalt oder der
Verteidiger, ob Traps eines der außerordentlichsten
Verbrechen des Jahrhunderts begangen habe oder unschul-

DIE PANNE

dig sei. Keiner der beiden Ansichten könne er so recht bei-
stimmen. Traps sei zwar wirklich dem Verhör des
Staatsanwaltes nicht gewachsen gewesen, wie der Verteidiger
meine, und habe aus diesem Grunde vieles zugegeben, was
sich in dieser Form nicht ereignet habe, doch habe er dann
wieder gemordet, freilich nicht aus teuflischem Vorsatz,
nein, sondern allein dadurch, daß er sich die
Gedankenlosigkeit der Welt zu eigen gemacht habe, in der
er als Generalvertreter des Hephaiston-Kunststoffes nun einmal lebe. Er habe getötet, weil es ihm das Natürlichste sei,
jemanden an die Wand zu drücken, rücksichtslos vorzugehen, geschehe, was da wolle. In der Welt, die er mit seinem
Studebaker durchsause, wäre ihrem lieben Alfredo nichts
geschehen, hätte ihm nichts geschehen können, doch nun
habe er die Freundlichkeit gehabt, zu ihnen zu kommen in
ihre stille weiße Villa (hier wurde nun der Richter nebelhaft
und brachte das Folgende eigentlich nur noch unter freudi-
gem Schluchzen hervor, unterbrochen hin und wieder von
einem gerührten, gewaltigen Niesen, wobei sein kleiner Kopf
von einem mächtigen Taschentuch umhüllt wurde, was ein
immer gewaltigeres Gelächter der übrigen hervorrief), zu
vier alten Männern, die in seine Welt hineingeleuchtet hätten mit dem reinen Strahl der Gerechtigkeit, die freilich seltsame Züge trage, er wisse, wisse, wisse es, aus vier verwitterten
Gesichtern grinse, sich im Monokel eines greisen
Staatsanwaltes spiegle, im Zwicker eines dicken Verteidigers,
aus dem zahnlosen Munde eines betrunkenen, schon etwas
lallenden Richters kichere und auf der Glatze eines abge-
dankten Henkers rot aufleuchte (die andern, ungeduldig
über diese Dichterei: »Das Urteil, das Urteil!«), die eine gro-
teske, schrullige, pensionierte Gerechtigkeit sei, aber auch
als solche eben *die* Gerechtigkeit (die andern im Takt: »Das
Urteil, das Urteil!«), in deren Namen er nun ihren besten,
teuersten Alfredo zum Tode verurteile (der Staatsanwalt, der

DIE PANNE

Verteidiger, der Henker und Simone: Hallo und Juchhei; Traps, nun auch schluchzend vor Rührung: »Dank, lieber Richter, Dank!«), obgleich juristisch nur darauf gestützt, daß der Verurteilte sich selbst als schuldig bekenne. Dies sei schließlich das Wichtigste. So freue es ihn denn, ein Urteil abgegeben zu haben, das der Verurteilte so restlos anerkenne, die Würde des Menschen verlange keine Gnade, und freudig nehme denn auch ihr verehrter Gastfreund die Krönung seines Mordes entgegen, die, wie er hoffe, unter nicht weniger angenehmen Umständen erfolgt sei als der Mord selber. Was beim Bürger, beim Durchschnittsmenschen als Zufall in Erscheinung trete, bei einem Unfall, oder als bloße Notwendigkeit der Natur, als Krankheit, als Verstopfung eines Blutgefäßes durch einen Embolus, als ein malignes Gewächs, trete hier als notwendiges, moralisches Resultat auf, erst hier vollende sich das Leben folgerichtig im Sinne eines Kunstwerkes, werde die menschliche Tragödie sichtbar, leuchte sie auf, nehme eine makellose Gestalt an, vollende sich (die andern: »Schluß! Schluß!«), ja man dürfe es ruhig aussprechen: Erst im Aktus der Urteilsverkündigung, der aus dem Angeklagten einen Verurteilten mache, vollziehe sich der Ritterschlag der Gerechtigkeit, nichts Höheres, Edleres, Größeres könne es geben, als wenn ein Mensch zum Tode verurteilt werde. Dies sei nun geschehen. Traps, dieser vielleicht nicht ganz legitime Glückspilz - da im Grunde nur eine bedingte Todesstrafe zulässig wäre, von der er aber absehen wolle, um ihrem lieben Freunde keine Enttäuschung zu bereiten-, kurz, Alfredo sei ihnen jetzt ebenbürtig und würdig geworden, in ihr Kollegium als ein Meisterspieler aufgenommen zu werden usw. (die andern: »Champagner her!«).

Der Abend hatte seinen Höhepunkt erreicht. Der Champagner schäumte, die Heiterkeit der Versammelten war ungetrübt, schwingend, brüderlich, auch der Verteidiger

DIE PANNE

wieder eingesponnen in das Netz der Sympathie. Die Kerzen niedergebrannt, einige schon verglommen, draußen die erste Ahnung vom Morgen, von verblassenden Sternen, fernem Sonnenaufgang, Frische und Tau. Traps war begeistert, zugleich müde, verlangte nach seinem Zimmer geführt zu werden, taumelte von einer Brust zur andern. Man lallte nur noch, man war betrunken, gewaltige Räusche füllten den Salon, sinnlose Reden, Monologe, da keiner mehr dem andern zuhörte. Man roch nach Rotwein und Käse, strich dem Generalvertreter durch die Haare, liebkoste, küßte den Glücklichen, Müden, der wie ein Kind war im Kreise von Großvatern und Onkeln. Der Glatzköpfige, Schweigende brachte ihn nach oben. Mühselig ging es die Treppe hoch, auf allen vieren, in der Mitte blieben sie stecken, ineinander verwickelt, konnten nicht mehr weiter, kauerten auf den Stufen. Von oben, durch ein Fenster, fiel eine steinerne Morgendämmerung, vermischte sich mit dem Weiß der verputzten Wände, dazu, von außen, die ersten Geräusche des werdenden Tages, vom fernen Bahnhöfchen her Pfeifen und andere Rangiergeräusche als vage Erinnerungen an seine verpaßte Heimreise. Traps war glücklich, wunschlos wie noch nie in seinem Kleinbürgerleben. Blasse Bilder stiegen auf, ein Knabengesicht, wohl sein Jüngster, den er am meisten liebte, dann dämmerhaft, das Dörfchen, in welches er gelangt war infolge seiner Panne, das lichte Band der Straße, sich über eine kleine Erhöhung schwingend, der Bühl mit der Kirche, die mächtige rauschende Eiche mit den Eisenringen und den Stützen, die bewaldeten Hügel, endloser leuchtender Himmel dahinter, darüber, überall, unendlich. Doch da brach der Glatzköpfige zusammen, murmelte »will schlafen, will schlafen, bin müde, bin müde«, schlief dann auch wirklich ein, hörte nur noch, wie Traps nach oben kroch, später polterte ein Stuhl, der Glatzköpfige, Schweigsame wurde wach auf der Treppe, nur sekundenlang,

DIE PANNE

noch voll von Träumen und Erinnerungen an versunkene
Schrecken und Momente voll Grauens, dann war ein
Wirrwarr von Beinen um ihn, den Schlafenden, denn die
andern stiegen die Treppe herauf. Sie hatten, piepsend und
krächzend, auf dem Tisch ein Pergament mit dem
Todesurteil vollgekritzelt, ungemein rühmend gehalten, mit
witzigen Wendungen, mit akademischen Phrasen, Latein
und altem Deutsch, dann waren sie aufgebrochen, das
Produkt dem schlafenden Generalvertreter auf das Bett zu
legen, zur angenehmen Erinnerung an ihren Riesentrunk,
wenn er des Morgens erwache. Draußen die Helligkeit, die
Frühe, die ersten Vogelrufe grell und ungeduldig, und so
kamen sie die Treppe herauf, trampelten über den
Glatzköpfigen, Geborgenen. Einer hielt sich am andern,
einer stützte sich auf den andern, wankend alle drei, nicht
ohne Schwierigkeit, in der Wendung der Treppe besonders,
wo Stockung, Rückzug, neues Vorrücken und Scheitern
unvermeidlich waren. Endlich standen sie vor der Türe des
Gastzimmers. Der Richter öffnete, doch erstarrte die feierliche Gruppe auf der Schwelle, der Staatsanwalt mit noch
umgebundener Serviette: Im Fensterrahmen hing Traps,
unbeweglich, eine dunkle Silhouette vor dem stumpfen
Silber des Himmels, im schweren Duft der Rosen, so endgültig und so unbedingt, daß der Staatsanwalt, in dessen
Monokel sich der immer mächtigere Morgen spiegelte, erst
nach Luft schnappen mußte, bevor er, ratlos und traurig
über seinen verlorenen Freund, recht schmerzlich ausrief:
»Alfredo, mein guter Alfredo! Was hast du dir denn um
Gotteswillen gedacht? Du verteufelst uns ja den schönsten
Herrenabend!«

Der ursprüngliche Schluß des «Tunnels»

»Und Sie« fragte der Vierundzwanzigjährige. »Ich bin der Zugführer« antwortete der andere, »auch habe ich immer ohne Hoffnung gelebt.« »Ohne Hoffnung« wiederholte der junge Mann, der nun geborgen auf der Glasscheibe des Führerstandes lag, das Gesicht über den Abgrund gepreßt. »Da saßen wir noch in unseren Abteilen und wußten nicht, daß schon alles verloren war« dachte er. »Noch hatte sich nichts verändert, wie es uns schien, doch schon hatte uns der Schacht nach der Tiefe zu aufgenommen, und so rasen wir denn wie die Rotte Korah in unseren Abgrund.« Er müsse nun zurück, schrie der Zugführer, »in den Wagen wird die Panik ausgebrochen sein. Alles wird sich nach hinten drängen.« »Gewiß« antwortete der Vierundzwanzigjährige und dachte an den dicken Schachspieler und an das Mädchen mit seinem Roman und dem roten Haar. Er reichte dem Zugführer seine übrigen Schachteln Ormond Brasil 10. »Nehmen Sie« sagte er, »Sie werden Ihre Brasil beim Hinüberklettern doch wieder verlieren.« Ob er denn nicht zurückkomme, fragte der Zugführer, der sich aufgerichtet hatte und mühsam den Trichter des Korridors hinaufzukriechen begann. Der junge Mann sah nach den sinnlosen Instrumenten, nach diesen lächerlichen Hebeln und Schaltern, die ihn im gleißenden Licht der Kabine silbern umgaben. »Zweihundertzehn« sagte er. »Ich

ANHANG

glaube nicht, daß Sie es bei dieser Geschwindigkeit schaffen, hinaufzukommen in die Wagen über uns.« »Es ist meine Pflicht« schrie der Zugführer. »Gewiß« antwortete der Vierundzwanzigjährige, ohne seinen Kopf nach dem sinnlosen Unternehmen des Zugführers zu wenden. »Ich muß es wenigstens versuchen« schrie der Zugführer noch einmal, nun schon weit oben im Korridor, sich mit Ellbogen und Schenkeln gegen die Metallwände stemmend, doch wie sich die Maschine weiterhinabsenkte, um nun in fürchterlichem Sturz dem Innern der Erde entgegenzurasen, diesem Ziel aller Dinge zu, so daß der Zugführer in seinem Schacht direkt über dem Vierundzwanzigjährigen hing, der am Grunde der Maschine auf dem silbernen Fenster des Führerraumes lag, das Gesicht nach unten, ließ seine Kraft nach. Der Zugführer stürzte auf das Schaltbrett und kam blutüberströmt neben den jungen Mann zu liegen, dessen Schultern er umklammerte. »Was sollen wir tun?« schrie der Zugführer durch das Tosen der ihnen entgegenschnellenden Tunnelwände hindurch dem Vierundzwanzigjährigen ins Ohr, der mit seinem fetten Leib, der jetzt nutzlos war, und nicht mehr schützte, unbeweglich auf der ihn vom Abgrund trennenden Scheibe ruhte, und durch sie hindurch den Abgrund gierig in seine nun zum ersten Mal weit geöffneten Augen sog. »Was sollen wir tun?« »Nichts« antwortete der andere unbarmherzig, ohne sein Gesicht vom tödlichen Schauspiel abzuwenden, doch nicht ohne eine gespensterhafte Heiterkeit, von Glassplittern übersät, die von der zerbrochenen Schalttafel herstammten, während zwei Wattebüschel, durch irgendeinen Luftzug ergriffen, der nun plötzlich hereindrang (in der Scheibe zeigte sich ein erster Spalt) pfeilschnell nach oben in den Schacht über ihnen fegten. »Nichts. Gott ließ uns fallen und so stürzen wir denn auf ihn zu.«

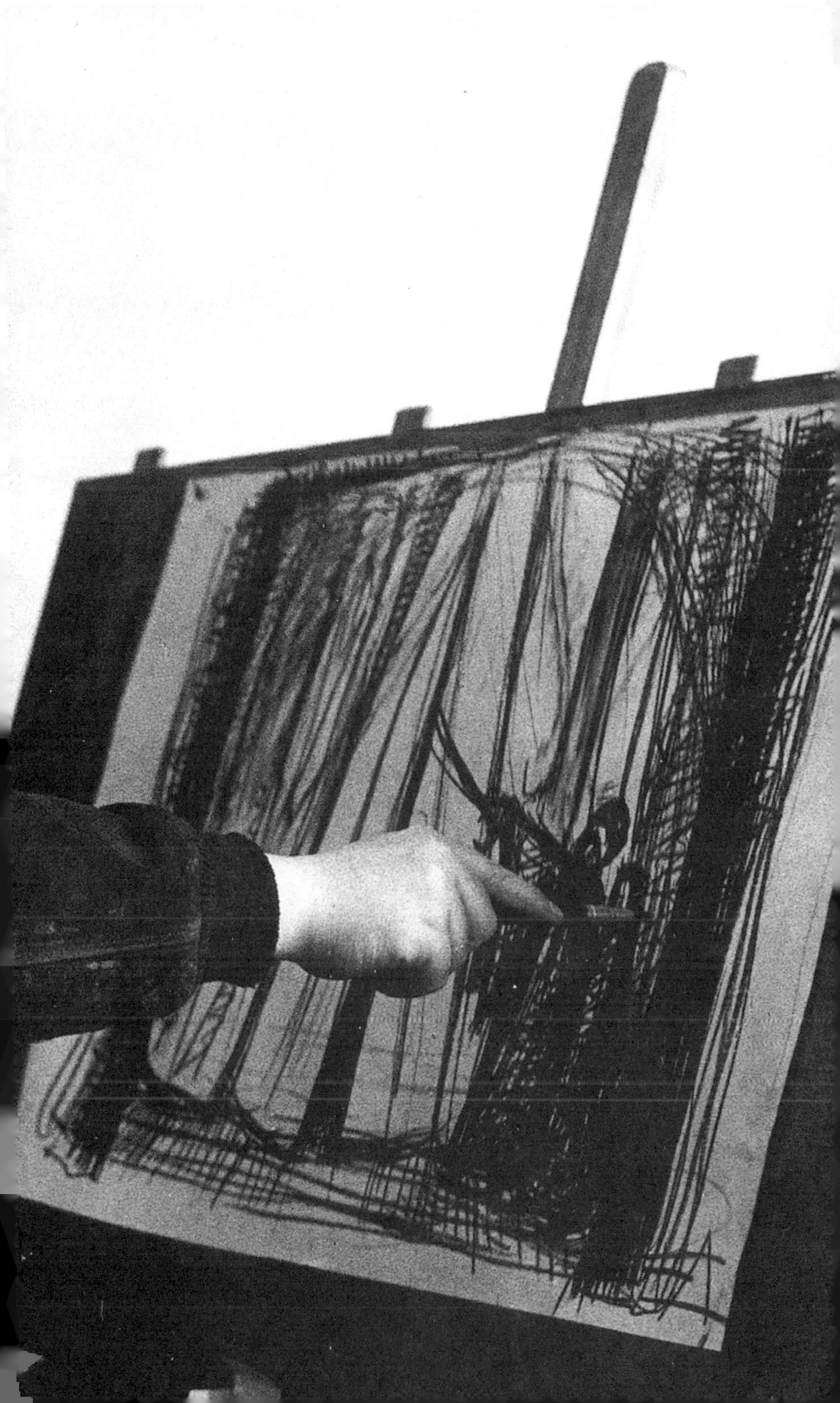